BASTEI LÜBBE

Iris Johansen

Ein teuflisch prickelndes Gefühl

Ein Caprice-Roman

Ins Deutsche übertragen von
Inge Hallerbach

BASTEI
LÜBBE

BASTEI-LÜBBE-TASCHENBUCH
Caprice
Band 58063

Erste Auflage: August 1989

Published by arrangement with Bantam Books, Inc., New York
Caprice-Romane stammen aus der amerikanischen
Taschenbuch-Reihe ›Loveswept‹

Deutsche Lizenzausgabe 1989
Bastei-Verlag Gustav H. Lübbe GmbH & Co., Bergisch Gladbach
Originaltitel: Man From Half Moon Bay
Titelillustration: Pepe Gonzalez/Norma Agency, Barcelona
Umschlaggestaltung: Quadro Grafik, Bensberg
Satz: VID Verlags- und Industriedrucke GmbH & Co. KG,
Villingen-Schwenningen
Druck und Verarbeitung: Clausen & Bosse, Leck
Printed in Germany
ISBN 3-404-58063-X

Der Preis dieses Bandes versteht sich einschließlich
der gesetzlichen Mehrwertsteuer.

1

Nein, der Mann, der dort draußen vorübergegangen war, konnte nicht Jordan gewesen sein!

Sara umklammerte die teure Porzellantasse, während sie angestrengt durch das Fenster des Cafés hinaus auf die von Nebelschwaden eingehüllte Straße sah. Sie versuchte sich zu beruhigen. Sie hatte lediglich einen flüchtigen Blick auf einen hochgewachsenen Mann in Jeans und weißem Seemannspullover werfen können, bevor er im Nebel verschwunden war. Sie war sich nicht einmal sicher, ob seine Haare so dunkel wie die von Jordan gewesen waren. Und doch – die Art und Weise, wie er sich bewegt hatte . . .

Jordans Gang war einfach unvergleichlich. Auf den ersten Blick wirkte Jordan eher langsam und gelassen, doch dieser Eindruck trog – in Wirklichkeit steckte er voller Energien. Wie oft hatte Saras Herz unwillkürlich schneller geschlagen, als er nackt durch das Zimmer auf sie zugekommen war, seine Muskeln angespannt vor Kraft und Energie . . .

»Stimmt irgend etwas nicht?« Penny Lassiter sah Sara stirnrunzelnd an. »Seit fünf Minuten hörst du mir überhaupt nicht mehr zu.«

Sara löste die Hand von der Teetasse und zwang sich zu lächeln. »Entschuldige. Ich dachte nur, ich hätte einen Bekannten gesehen.« Ihre Phantasie mußte ihr einen Streich gespielt haben. Sausalito war zu weit entfernt von Half Moon Bay und dem Leben, das sie da geführt hatte.

Penny riß erschrocken die Augen auf und sah aus dem Fenster. »War es Kemp?«

Sara schüttelte den Kopf. »Nein, nicht Kemp. Du leidest unter Verfolgungswahn. Julian Kemp ist in New York und stellt keine Bedrohung für mich dar. Es ist vorbei, Penny.«

»Das glaubst du doch selbst nicht.« Penny zündete sich eine Zigarette an, dabei ließ sie Sara nicht aus den Augen. »Bei seinem Prozeß warst du eine unentbehrliche Zeugin der Anklage, und das vergißt dir dieser Kerl nie. Er hat doch sogar gedroht, dich umzubringen, oder etwa nicht?«

»Das ist jetzt vier Monate her. Kemp weiß doch, daß er ständig unter Beobachtung steht. Ich kann mich nicht in meinem Apartment einschließen, bis endlich geklärt ist, ob sein Prozeß fehlerhaft geführt wurde oder nicht. Und Kemp wäre einfach dumm, wenn er mir tatsächlich nachstellen würde.« Sara drückte beruhigend die Hand ihrer Freundin, die für die gleiche Zeitung arbeitete, bei der auch Sara war.

»Oder verrückt«, entgegnete Penny. »Wir wissen doch beide, daß dieser Mann nicht zurechnungsfähig ist. Er hat vier Frauen umgebracht, und ich lasse nicht zu, daß du die Nummer fünf wirst. Ich habe mir lange den Kopf zerbrochen und beschlossen, dich in den Südpazifik zu versetzen.«

»Nein!« widersprach Sara. »Das kannst du nicht tun. Du übertreibst, Penny.«

Pennys Lippen wurden schmal. »Ich habe dich Kemps wegen nach New York geschickt, und ich bin dafür verantwortlich, daß du dabei warst, als Kemp sein Opfer angegriffen hat. Deshalb erzähl mir nicht, was ich tun oder lassen soll, Sara.« Ihr schneidender Ton ließ keinen Zweifel daran aufkommen, daß sie in ihrer Rolle als Saras Vorgesetzte sprach und nicht als ihre Freundin.

Sara geriet in leichte Panik. Niemand wußte besser als sie, wie hart Penny sein konnte, wenn sie sich einmal entschieden hatte. Nicht umsonst war sie mit einunddreißig Jahren Chefredakteurin einer der größten Zeitungen in den Vereinigten Staaten geworden. Sie war dynamisch, intelligent und hart und unnachgiebig, wenn sie sich einmal etwas in den Kopf gesetzt hatte. Aber vielleicht kann ich sie diesmal ja doch noch umstimmen, überlegte Sara. »Ich will nicht zurück nach Sydney«, sagte sie.

Pennys Miene entspannte sich. »Wer spricht denn von Australien? Ich dachte an Honolulu. Hast du keine Lust auf sechs Monate im Paradies?«

Sara senkte schnell den Blick, damit Penny ihre Erleichterung nicht bemerkte. Jordan besaß zwar auch ein Luxushotel in Honolulu, aber er war selten selbst dort. Sein Bruder Cam hatte sich immer um ihren Besitz außerhalb Australiens gekümmert. »Es ist besser als Sydney, aber wahrscheinlich sterbe ich in deinem Paradies vor Langeweile. Ich bleibe lieber hier.«

Penny betrachtete konzentriert den honigfarbenen Tee in ihrer Tasse. Sie hatte befürchtet, daß Sara Schwierigkeiten machen würde. Sie kannte Sara O'Rourke seit fünf Jahren und war seit vier Jahren eng mit ihr befreundet. In dieser Zeit hatte sie gelernt, Sara zu durchschauen, was eigentlich auch nicht schwer gewesen war, da Sara eigentlich immer offen und ehrlich zu jedermann war.

Als Penny sie frisch vom College weg eingestellt hatte, war sie von Saras Sensibilität und ihrer Warmherzigkeit beeindruckt gewesen, obwohl sie befürchtet hatte, daß eben diese Eigenschaften es Sara unmöglich machen würden, eine gute Journalistin zu werden. Nach Pennys Erfahrungen verwandelten sich die Sensibilität eines

Report[illegible]er Zeit in Zynismus und seine Warmherzigkeit in Wachsamkeit. Sie hatte Sara so eingeschätzt, daß sie sehr schnell so verbittert und desillusioniert sein würde, daß sie nicht länger als sechs Monate für den *World Report* schreiben könnte.

Zu ihrer Freude hatte Penny sich getäuscht. Sara hatte an Selbstvertrauen und Stärke gewonnen, aber nie ihre weichen, liebevollen Charakterzüge verloren. Und tatsächlich waren Saras einfühlsame Interviews zu den besten der Zeitschrift geworden.

»Sechs Monate wirst du schon überleben. Du kannst ja Hula lernen.« Penny drückte ihre Zigarette in dem Kristallaschenbecher auf dem Tisch aus. »Vielleicht gelingt es der New Yorker Polizei in dieser Zeit, genügend Beweismaterial gegen Kemp in einem der anderen Fälle zusammenzutragen.«

»Aber es ist nicht nötig«, beharrte Sara. »Ich will nicht weg aus San Francisco. Ich lebe gern hier und habe bereits einige gute Freunde in der Stadt. Ich bin doch gerade erst mit der Einrichtung meines Apartments fertig geworden. Und ich . . . .«

»Honolulu ist weit entfernt von Half Moon Bay, Sara«, unterbrach Penny sie. »Ich schicke dich doch nicht in die Höhle des Löwen. Die Chance, daß du deinen Ex-Mann in Honolulu triffst, ist wirklich gering. Wenn es mir möglich wäre, würde ich dich in unser Büro nach Paris schicken, aber da ist zur Zeit kein Platz.«

»Jordan hat nichts damit zu tun, daß ich San Francisco nicht verlassen will.« Sara begegnete dem skeptischen Blick ihrer Freundin und verzog das Gesicht. »Also gut. Ich will Jordan nicht wiedersehen. Noch nicht.«

»Du hast Half Moon Bay vor achtzehn Monaten verlassen«, bemerkte Penny freundlich. »Das ist eine lange Zeit. Ich habe ja keine Ahnung, wie du Jordan Bandor mittlerweile siehst. Eins jedoch ist sicher: Er ist auch nur ein Mann.«

»Wirklich?« Sara lächelte grimmig. »Du hast ihn nie kennengelernt!«

Penny ließ Sara nicht aus den Augen. »Hast du Angst vor ihm?«

»Natürlich nicht. Es ist nur . . . Jordan . . .« Sara befeuchtete ihre Lippen. »Ich bin noch nicht so weit, ihn wiederzusehen. Noch nicht. Jordan hat immer mein Innerstes nach außen gekehrt. Er ist . . .« sie hielt inne und suchte nach Worten ». . . überwältigend.«

Saras Beschreibung deckte sich mit dem, was Penny über Jordan Bandor gehört hatte. Der australische Hotelier stand in dem Ruf, sowohl in seinen Geschäften als auch im Privatleben rücksichtslos seine Interessen zu vertreten. Penny konnte sich kaum vorstellen, daß sich eine so sensible Frau wie Sara von ihm angezogen gefühlt hatte. Zwar war Jordan Bandor unglaublich wohlhabend, und Half Moon Bay sollte eines der schönsten Anwesen auf der ganzen Welt sein, aber sie bezweifelte, daß es das Geld gewesen war, was diesen Mann für Sara interessant gemacht hatte. Sie hatte Jordan erst eine Woche gekannt, als er sie dazu überreden hatte können, ihren Job bei der Zeitung zu kündigen und ihn zu heiraten. Neun Monate später hatte Sara wieder in Pennys Büro in San Francisco gestanden und verkündet, daß ihre Ehe gescheitert sei und sie ihren alten Job wieder haben wollte. Nie wieder hatte sie Jordan Bandor erwähnt. Bis heute.

»Du läßt dich von diesem Mann ja immer noch einschüchtern.« Penny zog die Brauen hoch. »Warum?«

»Ich lasse mich nicht einschüchtern. Vielleicht vermittle ich dir den falschen Eindruck. Jordan ist attraktiv und kann sehr charmant sein. Selbst du würdest ihm zu Füßen liegen. Er ist einfach . . . unglaublich intensiv. Ich habe noch nie einen so intensiven Mann gekannt.«

»Trotzdem glaube ich nicht, daß ich mich für deinen Ex-Mann begeistern könnte.«

Saras Blick richtete sich wieder auf das Fenster. »Er ist immer noch nicht mein Ex-Mann, die Scheidung hat sich aus irgendwelchen juristischen Gründen verzögert.«

Penny spitzte die Lippen. »Ich dachte, du bist längst geschieden.«

»Bald. Es kann nicht mehr lange dauern.« Sara warf einen Blick auf ihre Armbanduhr. »Ich gehe jetzt besser. Es ist fast vier und ich habe um fünf einen Termin mit Michael Donovan. Er hat mir ein Exklusivinterview über einen neuen Science-fiction-Film versprochen.« Sie stand auf. »Es war nett. Diese altmodische Sitte, am Nachmittag einen guten englischen Tee zu trinken, hat schon viel für sich, nicht wahr? Wenn du nicht so beschäftigt wärst, könnten wir uns regelmäßig jede Woche treffen.« Sie beugte sich über den kleinen Tisch und küßte Penny flüchtig auf die Wange. »Wir sehen uns morgen im Büro.«

»Ja.« Penny lächelte zuckersüß. »Und dann sprechen wir über deine Versetzung und die Reisemodalitäten.«

Ich hätte wissen müssen, daß sich Penny nicht von ihren Entschlüssen abbringen läßt, dachte Sara und seufzte. »Okay, reden können wir ja darüber.«

Penny nickte. »Und denk an Mac Devlins Party morgen abend. Er benötigt jede Menge Unterstützung, wenn er mehr Geld aus dem Aufsichtsrat des *World Report* herauskitzeln will.«

»Mac Devlin braucht genauso wenig Unterstützung

wie ich diese Versetzung nach Honolulu! Die Aufsichtsratsmitglieder fressen ihm doch aus der Hand.«

»Kann sein. Laß dich trotzdem blicken. Es macht einen guten Eindruck.«

»Kein Problem. Ich komme, denn ich liebe Parties.« Sara zwinkerte ihrer Freundin zu, dann verließ sie eilig das Café.

Der Nebel hatte sich verdichtet und hüllte die Straßen von Sausalito in weißen Dunst. Die Fahrt zu dem Hotel, wo sie mit dem Filmproduzenten verabredet war, würde nicht so einfach werden. Hoffentlich verpaßte sie diese verflixte Brücke nicht.

Sara schloß ihren weißen Sportwagen auf, dann blieb sie einen Moment stehen und blickte die Straße zum Pier hinunter, wo der Mann im weißen Seemannspullover im Nebel verschwunden war. Seltsam, welche Streiche einem die Phantasie spielen konnte. Die Sache mit diesem Kemp hatte ihre Nerven bereits bis aufs äußerste strapaziert, und jetzt hatte sie auch noch Halluzinationen! Sara erinnerte sich daran, wie sie sich letzte Woche sehr sicher gewesen war, verfolgt zu werden. In ihrer Panik hatte sie Lieutenant Blaise angerufen, um sich zu vergewissern, daß Kemp immer noch in New York war. Blaise hatte sie sehr geduldig beruhigt, sie brauche sich keine Sorgen zu machen, Kemp würde rund um die Uhr bewacht. Sara war sich wie eine Närrin vorgekommen.

Und jetzt bildete sie sich ein, sie hätte Jordan gesehen. Sie litt wohl wirklich unter Verfolgungswahn. Es wurde Zeit, daß sie sich wieder in die Gewalt bekam.

Am Abend fuhr Sara in die Garage des Lagerhauses, parkte den Sportwagen und stieg aus. Als sie die Tür zuschlug, hallte das Geräusch in dem kahlen Raum wider, und Sara lief eine Gänsehaut über den Rücken. Rasch lief sie in Richtung Aufzug. Großer Gott, war es hier dunkel! Ihr Vermieter hatte ihr versprochen für eine andere Beleuchtung zu sorgen, aber immer noch war die nackte Glühbirne über dem Aufzug die einzige Lichtquelle. Sara kam nie gern in der Dunkelheit nach Hause, und heute abend erschienen ihr die Schatten noch lebendiger als sonst . . .

»Hallo, Kleines. Wie geht's denn so?«

Sara fuhr erschrocken zusammen. Dann, als sie die Stimme erkannte, entspannte sie sich. »Cam?!«

Cameron Bandor trat aus den Schatten der Wand in den schwachen Lichtschein der Glühbirne.

»Du liebe Güte, Sara, ich konnte es kaum glauben, als ich deine Anschrift im Telefonbuch fand. Du wohnst ausgerechnet in einem Lagerhaus?« Er verzog das Gesicht. »Nicht besonders stilvoll, oder?«

»Sehr stilvoll sogar! Ein Penthouse-Apartment in einem Lagerhaus ist groß in Mode.« Sara umarmte ihn herzlich. »O Cam, schön dich zu sehen! Ich habe dich so vermißt.«

»Ich dich auch.« Cam drückte sie an sich, küßte sie leicht auf die Schläfe und schob sie dann sanft von sich, um sie zu betrachten. Sein Blick glitt über ihre feinen, ebenmäßigen Gesichtszüge. »Du bist schön wie immer. Allerdings ein bißchen dünn . . .«

»Das ist auch groß in Mode.« Sara öffnete die Tür zu dem großen Lastenaufzug. »Komm mit hinauf und iß mit mir zu Abend! Ich lasse uns etwas Gutes vom Chinesen kommen. Du mußt mir viel erzählen. Bleibst du lange in San Francisco?«

Cam folgte ihr in den Aufzug. »Ich glaube nicht, daß ich lange bleiben werde. Ich bin erst heute nachmittag von Tahiti hergeflogen. Alles hängt davon ab, ob . . .« Er brach ab, als sich der Aufzug schwerfällig und rumpelnd in Bewegung setzte. »Was ist, wenn dieses Monster stehenbleibt? Bis dich jemand findet, könntest du verhungern.«

»Der Lift ist in Ordnung, Cam. Nur ein bißchen lahm.« Der Aufzug kam zum Stillstand, und Sara öffnete die Tür. »Mein Vermieter hat vor, neben meiner Wohnung noch ein Apartment auszubauen. Dann habe ich auch Nachbarn.« Sie überquerte den Flur, schloß eine schwere Holztür auf und knipste die Deckenbeleuchtung an. »Für soviel Platz nehme ich ein paar Unbequemlichkeiten gern in Kauf. Weißt du, wie astronomisch die Mieten hier in San Francisco sind? Ein Apartment dieser Größenordnung könnte ich mir in einem anderen Viertel nie leisten.«

Cam trat ein und betrachtete bewundernd das riesige, in hellen Pastelltönen gehaltene Apartment. »Wirklich sehr nett, Sara. Sehr nett. Die Farben passen zu dir. Hell und freundlich.«

Sara schloß lächelnd die Tür. »Das habe ich alles selbst eingerichtet. Ich habe Monate gebraucht, den richtigen Ton für die Gardinen zu finden.« Sie warf ihre Tasche auf einen Sessel und schritt auf die Küche zu. »Ich koche uns Kaffee. Setz dich, Cam.«

»Sara . . .« Cam war ihr gefolgt und stand jetzt direkt hinter ihr im Eingang zur Küche. »Ich kann nicht lange bleiben.«

Sie drehte sich um. »Du kannst nicht bleiben?« Mit ihren grünen Augen zwinkerte sie ihm verschmitzt zu. »So schnell schon eine Verabredung?« Die Liste von

Cams Eroberungen war legendär. »Hast du dir eine Stewardeß angelacht?«

»Ein Mann mit Erfahrung plant immer im voraus«, brummte er. »Aber es ist keine Verabredung.«

»Warum kannst du dann nicht bleiben?«

»Jordan schickt mich.«

Sara fuhr zusammen. Schnell wandte sie den Kopf ab, dann jedoch sah sie wieder Cam an und bemühte sich zu lächeln. »Seit wann bist du Jordans Laufbursche?«

Cam zuckte die Achseln. »Er bat mich, zu dir zu fahren. Ich kann mich nicht erinnern, wann Jordan mich jemals um einen Gefallen gebeten hat. Wie konnte ich ihm da die Bitte abschlagen?«

»Man kann ihm nie etwas abschlagen. Wir beide . . .« Sara hielt inne und holte tief Luft. »Ich koche trotzdem diesen Kaffee. Ich kann ihn gebrauchen. Dieser feuchte Nebel steckt mir in den Knochen.« Sie holte die Kaffeedose vom Regal. »Geht es um die Scheidung? Muß ich noch mehr Papiere unterzeichnen?«

»Nein.«

»Jeden Tag warte ich auf . . .«

»Er will dich wiederhaben, Sara.«

Die Kaffeedose in der Hand, hielt sie mitten in der Bewegung inne. »Was hast du gesagt?«

»Er will, daß du mit mir nach Hause kommst. Ich soll dir sagen, daß sich alles geändert hat.«

Mit zitternden Fingern stellte Sara die Dose ab. »Ist das ein Scherz, Cam?«

»Schön wär's.« Er verzog den Mund. »Ich fühle mich furchtbar in meiner Rolle.«

»Warum bist du dann hier?«

»Jordan ist mein Bruder. Ich liebe ihn«, erlärte Cam schlicht. »Genau wie du, Sara.«

»Das tue ich nicht . . .« Sie atmete tief ein und wandte das Gesicht ab. »Jordan hat von Liebe keine Ahnung. Er kennt sich nur mit Besitzansprüchen aus.«

»Du kennst ihn nicht.«

Sie fuhr herum und blickte Cam mit Tränen in den Augen an. »Du hast recht, ich kenne ihn nicht! Und selbst wenn ich hundert Jahre mit ihm zusammenleben würde – er ließe mich nicht an sich heran. Nun, ich habe mich mit ihm eingelassen und erkannt, daß das wohl ein Fehler gewesen ist. Sex war alles, was Jordan mir zu geben hatte.«

»Vielleicht hat er sich verändert.«

Sara lachte bitter. »Verändert? Warum sollte er sich verändern? Er braucht mich nicht! Jordan Bandor braucht keine Frau!«

Cam runzelte die Stirn. »Rede keinen Unsinn! Ich habe nie einen Mann gesehen, der von einer Frau so besessen war, wie Jordan von dir.«

»Das heißt nicht, daß er mich liebt.« Ihre Finger umklammerten den Rand der Arbeitsplatte. »Sex, Cam, das hat uns zusammengebracht.«

»Was auch immer es gewesen ist, es hat gereicht, euch beide neun Monate lang auf rosaroten Wolken schweben zu lassen.« Cam senkte die Stimme. »War es so schlimm, Sara?«

»Zuerst nicht.« Sie sah ihn nicht an. »Aber ich konnte nicht mehr atmen. Du hast es doch selbst erlebt. Er ließ mich nicht von seiner Seite, ließ mich nicht mehr aus den Augen. Ich mußte Jordan Bandors Frau sein und sonst nichts. So konnte ich nicht leben.«

»Sara, er . . .«

»Nein, ich lasse mich von niemandem in Besitz nehmen. Erinnere dich – selbst auf dich war er eifersüchtig.«

Cam nickte. »Jordan hat mir einmal wütend ins Gesicht geschrien, ich solle von dir lassen. Damals fand ich das nur lustig. Ich hätte wissen müssen, wie ernst die Situation für dich war. Es tut mir leid, Liebes, ich hätte da sein und es dir erleichtern sollen.«

»Wie hättest du denn gekonnt? Nach diesen ersten vier Monaten hat Jordan mich doch daran gehindert, dich zu treffen.«

»Sei fair, Sara! Du warst doch keine Gefangene auf Half Moon. Jedenfalls habe ich keine verschlossenen Türen gesehen.«

»Nein, er hat mich nicht eingeschlossen.« Eine plötzliche Röte stieg ihr in die Wangen, und ihr Magen verkrampfte sich bei der Erinnerung daran, mit welch wundervollen Methoden Jordan sie gehalten hatte. Nein, sie durfte sich nicht an die Dinge erinnern, die sie gemeinsam getan hatten. Jordan besaß keine Macht mehr über ihren Körper und ihre Gefühle. Solange sie nicht an ihn dachte, hatte sie sich unter Kontrolle. »Du hast recht, ich hätte ihn jederzeit verlassen können. Es war allein meine Entscheidung zu bleiben.« Ohne einen Tropfen zu verschütten, goß Sara Wasser in die Kaffeemaschine. »Und es war meine Entscheidung zu gehen«, stellte sie kühl fest. »Ich kehre nicht zu deinem Bruder zurück, Cam.«

Für einen Moment schwieg er. »Ich konnte es mir auch nicht vorstellen, aber ich mußte es versuchen.« Cam hielt inne. »Als er deinen Brief fand, drehte er durch. Ich habe ihn noch nie so außer sich erlebt . . .« Wieder brach er ab. »Männer können sich ändern, Sara.«

»Jordan nicht! Er ist unnachgiebig und entschlossen. Meinst du, ich hätte nicht versucht, ihm zu erklären, was in unserer Beziehung falschgelaufen ist?«

»Du könntest es noch einmal versuchen.«

Sie schüttelte den Kopf. »Er ist mir zu stark. Was glaubst du wohl, warum ich gewartet habe, bis er geschäftlich in Sydney zu tun hatte, und erst dann den Mut besaß, mit ihm zu brechen und zu gehen? Und auch das war noch schwer genug für mich. Jordan versteht es, selbst dann da zu sein, wenn er meilenweit entfernt ist.«

»Du weißt, daß er nie in die Scheidung einwilligt? Er kann dich noch jahrelang hinhalten.«

»Ich hab's nicht eilig. Irgendwann gibt er auf.«

»Jordan?« Cam schüttelte lächelnd den Kopf. »Du kennst ihn wirklich nicht.« Er wandte sich ab. »So, jetzt habe ich meinen Auftrag erfüllt. Ich lasse dich jetzt zufrieden. Leb wohl, Kleines. Wenn wir uns das nächste Mal treffen, haben wir hoffentlich mehr Zeit füreinander.«

»Das wäre schön, Cam«, entgegnete Sara weich. »Du weißt, du bist in Half Moon mein einziger Freund gewesen.«

Über die Schulter hinweg warf er ihr einen traurigen Blick zu. »Jordan hast du also nie als deinen Freund angesehen?«

Sie gab ihm keine Antwort.

Cam schüttelte den Kopf. »Er hat wirklich ein ziemliches Durcheinander angerichtet. Kein Wunder, daß er selbst so verzweifelt ist.«

Sara lächelte matt. »Da mußt du dich irren. Ich habe Jordan nie verzweifelt erlebt. Und trotz deiner Beteuerungen glaube ich nicht, daß er sich ändern kann.«

»Wirklich nicht?« Cam öffnete die Tür. »Denk darüber

nach. Wir wissen beide, wie eifersüchtig Jordan ist. Daran hat sich leider nichts geändert.« Er hielt inne. »Und trotzdem hat er mich zu dir geschickt. Vielleicht möchte er dir etwas zu verstehen geben.«

»Und was?«

»Daß er dir vertraut und bereit ist, eure Beziehung nach deinen Bedürfnissen zu gestalten.«

»Zu spät«, flüsterte Sara.

Cam zuckte die Achseln. »Das tut mir leid – aber ich habe alles mir mögliche getan.« Er wandte sich zum Gehen.

»Cam.«

Er blieb stehen. »Ja?«

»Wo triffst du ihn?« Nervös befeuchtete Sara ihre Lippen. »Heute nachmittag dachte ich, ich hätte Jordan auf der Straße gesehen. Meine Phantasie ist wohl mit mir durchgegangen, aber . . . Er ist doch nicht hier in San Francisco?«

»Ich habe ihn hier jedenfalls nicht gesehen.« Einen Augenblick lang erschien ein nachdenklicher Ausdruck auf seinem Gesicht. »Ich war gerade in Papeete, als er mich anrief und mich bat, zu dir zu fahren. Soviel ich weiß, hat er von Half Moon aus angerufen.«

Erleichtert atmete Sara auf. »Ja, natürlich. Ich wußte ja, daß ich mich geirrt habe.«

Cam setzte zum Sprechen an, dann änderte er jedoch seine Meinung und lächelte. »Leb wohl, Kleines. Bis zum nächsten Mal.«

Sie nickte. »Bis zum nächsten Mal.«

Die Tür schloß sich hinter ihm, und Sara holte tief Luft. Warum war sie in Cams Gegenwart nur so angespannt gewesen? Bei ihm hatte sie sich doch sonst immer so wohl gefühlt. Auch jetzt noch, nachdem er gegangen war, zitterte sie innerlich vor Anspannung. Du liebe Güte – sie brauchte sich nicht länger etwas vorzumachen. Cam hatte sie nicht in diese Erregung versetzt – es war Jordan!

Sara brauchte nur über ihn zu reden – schon fühlte sie sich zutiefst aufgewühlt. Verwirrt, verängstigt – und erregt. Ja, erregt, gestand sie sich verzweifelt ein. Das konnte nicht Liebe sein! Während dieser ersten leidenschaftlichen Monate ihrer Ehe hatte sie sich eingeredet, Jordan zu lieben. Aber wie hätte sie einen Fremden lieben können? Nein, Jordan hatte sie nur auf sexuellem Gebiet angezogen. Jede Frau beging in ihrem Leben einmal einen Fehler – Saras Fehler hieß Jordan Bandor. Jetzt lagen diese verrückten Monate weit hinter ihr, das Kapitel Jordan gehörte der Vergangenheit an – und so sollte es auch bleiben. Sie hatte zu sehr darum gekämpft, Jordan zu vergessen. Cams Worte würden ihren Seelenfrieden nicht in Gefahr bringen.

Sie wollte sich gerade eine Tasse aus dem Regal holen, als sie ihre Meinung, noch Kaffee zu trinken, änderte. Sie war schon aufgewühlt genug, sie würde sich ihre Nachtruhe nicht auch noch mit Coffein verderben. Sara stellte die Kaffeemaschine ab und wandte sich zur Tür. Sie würde nicht mehr an Jordan denken, sondern . . .

Achtzehn Monate. Warum hatte er so lange gewartet, um Kontakt zu ihr aufzunehmen? Und warum hatte er ihr nichts davon mitgeteilt, daß er nicht in die Scheidung einwilligen würde? Warum jetzt auf einmal nach all den Monaten? Es war ihr seltsam vorgekommen, daß er unmittelbar nach ihrer Flucht aus Half Moon nie versucht hatte, sie irgendwie zu erreichen, um mit ihr zu sprechen. Aber wahrscheinlich war er zu wütend gewesen und hatte beschlossen, sie für immer aus seinem Leben zu streichen. Wie oft hatte sie seine kalte Entschlossenheit erlebt, wenn es um geschäftliche Dinge ging.

Sara spürte, wie sich ihre Muskeln verkrampften. Sie würde ein heißes Bad nehmen und dann ins Bett gehen. Morgen früh würde sie noch genug Zeit haben, den Artikel über das Interview mit Donovan zu schreiben. Jetzt mußte sie alle Energien aufbieten, die Gedanken an Jordan zu verdrängen.

Das hatte ihr auch in den ersten fünf Wochen, nachdem sie ihn verlassen hatte, geholfen. Sie hatte nur von einem Augenblick zum anderen, von einer Stunde zur nächsten gelebt. So konnte sie überleben. Erschöpft ging sie ins Bad. In diesen letzten Monaten habe ich viel gelernt, dachte sie bitter. Jordan war es beinahe gelungen, ihre Persönlichkeit zu zerstören, aber sie hatte ihr Selbstbewußtsein wiedererlangt.

Und das sollte sich nicht wieder ändern.

Das Penthouse-Apartment von Mac Devlin erstrahlte im Glanz zahlreicher Kristallüster. Die riesigen Räume waren modern eingerichtet und in Schwarz-weiß gehalten. Jetzt wimmelte es überall von lachenden und plaudernden Gästen.

Sara stand in der Tür und betrachtete die Menge. Einige der Leute kannte sie, aber die meisten waren ihr fremd. Auf einmal entdeckte sie Kelly und Nick O'Brian im Gespräch mit Mac. Schnell bahnte sie sich zu ihnen einen Weg durch die Menge. Sie war noch nicht weit gekommen, als Penny an ihrer Seite erschien.

»Hier.« Penny nahm zwei Gläser vom Tablett eines weiß gekleideten Kellners und reichte eins davon Sara.

»Das ist vielleicht dein letzter Drink vor dem Dinner. Mac hätte seine Kellner mit Leuchtfarben einkleiden sollen . . . Man sieht sie kaum in dem Getümmel.«

»Hast du ihm den Vorschlag schon unterbreitet?«

»Es ist mir noch nicht gelungen, bis zu ihm vorzudringen.« Pennys Blick glitt über Saras ärmelloses, cognacfarbenes Seidenkleid mit tiefem Rückenausschnitt. »Sehr hübsch.« Dann verzog sie das Gesicht. »Ich habe übrigens Honolulu nicht vergessen. Ich hatte nur heute nachmittag so viel zu tun, daß ich . . .«

»Wie hat dir die Donovan-Story gefallen?« unterbrach Sara sie.

»Das, was du über seine Frau und seine Familie geschrieben hast, war wirklich sehr gut.« Penny zog die Brauen zusammen. »Aber lenk nicht vom Thema ab. Ich lasse nicht zu, daß . . . Was ist los?« Penny drehte sich um und sah wie Sara zum anderen Ende des Raumes hinüber, an dem Mac hofhielt. Ihre Lippen formten sich zu einem lautlosen Pfiff, als ihr Blick auf den Mann fiel, der sich mit dem Gastgeber unterhielt. »O lá lá! Da werden ja selbst mir die Knie weich! Du liebe Güte, sieht der Kerl gut aus!«

»Ja«, bemerkte Sara tonlos.

Penny nippte an ihrem Drink, ohne den gutaussehenden Fremden aus den Augen zu lassen. »Ob er ein Filmstar ist? Irgendwie sieht er wie ein Abenteurer aus.«

Sara antwortete nicht.

»Ich denke, ich pirsche mich mal ran«, murmelte Penny. »Ich hatte schon immer eine Schwäche für Männer mit . . .« Als sie Saras angespannten Gesichtsausdruck bemerkte, brach sie erneut ab. In ihrer Miene stand blankes Entsetzen. »Kennst du ihn?«

Sara nickte benommen. »Es ist Jordan.«

Penny unterdrückte nur mühsam einen Fluch. Erst am Tag zuvor hatte sie sich gefragt, wie ein rücksichtsloser Bursche wie Jordan Bandor die sanfte, sensible Sara in seinen Bann ziehen konnte. Jetzt wußte sie Bescheid. Dieser Mann strahlte mehr erotische Anziehungskraft aus als alle Männer zusammen, die Penny kannte.

Er war hochgewachsen und tief gebräunt. Sein Gesicht war markant und gutgeschnitten, sein Mund außergewöhnlich sinnlich. Kein Wunder, daß Sara auf ihn hereingefallen war! Kaum eine Frau wäre von Jordans Sex-Appeal nicht wie magisch angezogen. Wie um sie zu beschützen, trat Penny einen Schritt näher an Sara heran. »Möchtest du lieber gehen? Ich entschuldige dich bei Mac.«

»Nein.« Für einen Augenblick schloß Sara die Augen, dann sah sie Penny an und lächelte ihr sogar zu. »Es geht schon. Irgendwann mußte es ja so kommen. Ich habe nur nicht erwartet, ihn hier zu treffen.«

»Was, zum Teufel, hat er überhaupt hier zu suchen? Warum bleibt er nicht auf der anderen Seite der Welt; da, wo er hingehört?«

»Jordan kennt keine Grenzen. Er ist überall und nirgendwo.« Sara trank einen großen Schluck Champagner. »Wahrscheinlich werden wir bald erfahren, warum er hier ist. Jordan mag viel schlechte Eigenschaften haben, aber er ist kein skrupelloser Intrigant. Er legt seine Karten offen auf den Tisch. Er setzt sich ein Ziel und unternimmt alles, was in seiner Macht steht, es zu erreichen.«

Das konnte sich Penny nur zu gut vorstellen, wenn sie den Mann betrachtete, von dem Sara sprach. Jordan wirkte auf den ersten Blick ruhig und gelassen – und doch, wenn man genauer hinsah, entdeckte man die

Kraft und die Vitalität, die er ausstrahlte. Sie spürte, wie sie instinktiv innerlich in Abwehrhaltung ging. »Wollen wir nicht gehen und woanders noch etwas trinken?«

Sara schüttelte lächelnd den Kopf. »Du weißt doch, Mac wäre untröstlich, wenn du nicht bleibst und dich mit all dieser Prominenz amüsierst. Mach dir um mich keine Sorgen, Penny. Du selbst hast mir gestern nachmittag gesagt, daß ich mich Jordan irgendwann einmal stellen muß.«

Aber das war, bevor ich Jordan gesehen habe, dachte Penny. Laut sagte sie: »Du weißt doch, ich habe manchmal eine große Klappe. Also gut, wenn du unbedingt bleiben willst – warum gehen wir nicht rüber und zeigen ihm, wie gut du ohne ihn zurecht kommst.«

Sara schüttelte den Kopf. »Danke für deine Hilfe, Penny, aber ich brauche nicht an die Hand genommen zu werden. Zum Glück bin ich siebenundzwanzig und erwachsen. Tu deine Pflicht und misch dich unters Volk!«

Penny zögerte. »Bist du sicher?«

»Es geht mir wirklich gut.« Sara hob ihr Glas an die Lippen. »Ich war einfach nur überrascht. Jordan ist . . .« Sie zog scharf den Atem ein und vergaß, was sie noch sagen wollte. Jordan hatte den Kopf gehoben und sie entdeckt. Seine Miene veränderte sich nicht, aber sein Blick traf sie trotzdem mitten ins Herz. Unwillkürlich umklammerten ihre Finger das zerbrechliche Glas fester. Sie hatte die magische Intensität seiner leuchtend blauen Augen völlig vergessen.

»Sara?«

Pennys besorgte Stimme holte sie in die Realität zurück. Sara wandte den Blick ab und zwang sich zu einem strahlenden Lächeln. »Mir geht's gut«, wiederholte sie. »Bestimmt.«

Penny betrachtete sie skeptisch, dann zuckte sie die Achseln. »Ich sehe dich später.« Damit wandte sie sich ab und verschwand in der Menge.

Sara betrachtete die perlende Flüssigkeit in ihrem Glas. Er würde bald zu ihr kommen. Quer durch den riesigen Raum würde er auf sie zugehen, und die Leute würden instinktiv vor ihm zurückweichen. Nichts und niemand würde ihn aufhalten. Bald wäre er hier an ihrer Seite.

»Hallo, Sara.«

Sie hob den Blick und sah ihm ins Gesicht. Bebend holte sie tief Luft. »Was machst du hier?«

»Ich habe auf dich gewartet.« Jordan preßte die Lippen zusammen. »Aber das ist ja längst nichts Neues mehr für mich. Seit achtzehn Monaten warte ich auf dich.« Sein Blick glitt über ihre anmutigen Gesichtszüge, verweilte auf ihren vollen, weichen Lippen und wanderte dann zu den hellblonden Haaren, die ihr bis auf die Schultern fielen. Er runzelte die Stirn. »Du hast dir die Haare schneiden lassen. Mir gefielen sie lang besser.«

»Und mir gefallen sie so, wie sie sind!« Sara nippte an ihrem Champagner. »Cam wußte nicht, daß du in San Francisco bist.«

»Jetzt weiß er es. Ich habe ihn heute morgen angerufen. Er wohnt jetzt bei mir in meiner Suite im Fairmont.« Jordan nahm ihr das Glas aus der Hand und stellte es auf dem Tisch neben sich ab. »Laß uns gehen. Ich muß mit dir reden.«

Sara spürte, wie sie in Panik geriet. »Ich möchte nicht gehen. Ich bin gerade erst gekommen und habe noch nicht einmal Mac begrüßt.«

»Um Himmels willen, Sara, hör auf . . .« Er brach ab,

und sie sah, wie er mit sich kämpfte. »Also gut, dann bleiben wir eben. Wo finden wir in diesem Getümmel eine ruhige Ecke?«

»Wir brauchen keine ruhige Ecke. Wir haben uns nichts mehr zu sagen.«

»Und ob!« Sein Blick glitt durch den Raum, dann ergriff er Saras Arm und zog sie mit sich zu der Flügeltür, die hinaus auf die Terrasse führte. »Unser Gespräch ist längst überfällig.« Er öffnete eine der Türen und ließ Sara den Vortritt. »Außerdem schuldest du mir eine Erklärung, warum du einfach so von Half Moon weggelaufen bist.«

»Ich bin nicht einfach so weggelaufen. Ich habe dir einen Brief hinterlassen.« Sara hörte, wie er scharf den Atem einzog und blickte sich nach ihm um. Er starrte wie gebannt auf die seidige Haut ihres Rückens, da, wo das Kleid sie freigab.

»Warum hast du dir eigentlich noch die Mühe gemacht, diesen Fetzen anzuziehen? Du hättest ebensogut gleich nackt kommen können!«

Sara versteifte sich. »Wenn es nach dir ginge, müßte ich mich von Kopf bis Fuß vermummen. Du hast mir nicht einmal erlaubt, außerhalb des Hauses Shorts zu tragen!«

Mit finsterem Blick sah er sie an. »Du hast viel zu sexy darin ausgesehen.« Er folgte ihr hinaus auf die menschenleere Terrasse und schloß die Tür. »Ich dachte, wir wären uns darin einig, daß . . .«

»Einig?« Sara fuhr herum. »Wir waren uns nie über etwas ›einig‹! Du hast doch immer deine Entscheidungen getroffen und mich dazu gebracht, genau das zu tun, was du wolltest!«

»Und du hast jede Minute mit mir genossen!«

Plötzlich stieg ihr eine heiße Röte in die Wangen. »Du bist ein erfahrener Liebhaber, Jordan. Während all dieser Monate mit dir habe ich mich wie in einem erotischen Traum gefühlt.« Sara hielt seinem Blick stand. »Aber irgendwann wacht man immer auf und als ich mich wieder in der Realität befand, erkannte ich, was du mit mir angestellt hast.«

»Alles war Realität!« In Jordans Stimme lag eine zwingende Intensität. »Wir beide waren real. Und dir hat alles gefallen.« Er trat einen Schritt näher. »Du bist die erotischste Frau, die ich kenne. Erinnerst du dich, wie oft wir uns am Tag liebten? Wie du in Tränen aufgelöst deine Nägel in meine Schultern gekrallt hast? Erinnerst du dich, Sara?«

Sie wich vor ihm zurück. Nein, an diese Momente wahnsinniger Leidenschaft wollte sie nicht mehr denken! »Ich erinnere mich, daß du mich dazu überredet hast, meinen Beruf aufzugeben! Ich erinnere mich, daß ich auf dem besten Weg war, dir sexuell hörig zu werden.«

Jordan schwieg eine Weile. »Wenn man dir zuhört, könnte man glauben, ich sei ein herzloser Tyrann. Ich bin nie grausam zu dir gewesen, Sara, ich habe immer versucht, dir all deine Wünsche zu erfüllen.«

»Hast du mich denn jemals nach meinen Wünschen gefragt?« Sie lächelte traurig. »Nein, du hast recht, körperliche Gewalt hast du nie gegen mich angewandt.«

»Dann habe ich dich also auf anderer Ebene vergewaltigt? Ich habe dich gezwungen, etwas zu fühlen, was du gar nicht empfinden wolltest?«

»Wenn du es so ausdrücken möchtest – bitte! Auf jeden Fall hast du mich manipuliert. So wie du alle Leute manipulierst. Wahrscheinlich bist du selber dir deiner Macht in dieser Hinsicht nicht bewußt. Nun, ich werde nicht mehr nach der Pfeife anderer tanzen; die Zeiten sind vorüber.« Sara trat einen Schritt auf die Glastür zu. »Gestern abend habe ich Cam meine Antwort mitgeteilt. Ich komme nicht zu dir zurück, Jordan. Such dir eine andere willenlose Frau, mit der du im Bett spielen kannst.«

Er fluchte. »Das waren doch keine Spiele! Großer Gott, Sara, ich dachte, das wüßtest du!«

Während sie auf die Terrassentür zuging, drehte Sara sich nicht nach ihm um. Sie spürte seinen Blick auf ihrem nackten Rücken, und ein Schauer überlief sie. Wie immer braucht er mich nur anzusehen, schon reagiere ich erregt auf ihn, stellte sie ärgerlich fest. Sie straffte sich. Nur noch ein paar Schritte, dann wäre sie zurück auf der Party und könnte sich in der Menge verlieren. Nur noch ein paar Schritte.

»Ich lasse dich nicht gehen.«

»Es bleibt dir nichts anderes übrig.« Sara öffnete die Tür. »Leb wohl, Jordan.«

Seine Hände ballten sich zu Fäusten, als sie sich in der Menschenmenge verlor. Alles ist schiefgelaufen, gestand er sich zähneknirschend ein. Er hatte vorgehabt, freundlich und verständnisvoll zu sein und ihr zu sagen, wie idiotisch er sich ihr gegenüber verhalten hatte. Nach diesem Fiasko eben konnte er froh sein, wenn sie nicht zur Polizei rannte und eine einstweilige Verfügung gegen ihn erwirkte, sie nicht mehr zu belästigen.

Er hätte wissen müssen, daß es ihm nicht gelingen würde, ruhig zu bleiben. Er brauchte nur zu sehen, wie andere Männer Sara bewundernd betrachteten, schon glaubte er, verrückt zu werden. Er hatte gehofft, die lange Zeit der Trennung hätte seine übermäßige Eifersucht gemildert – aber sein Körper verlangte schmerzhaft nach ihr, und die alten Verhaltensmuster ließen sich nur mühsam ablegen. Er hätte sich zum Warten zwingen müssen, bis er sicher sein konnte, diszipliniert und zurückhaltend zu reagieren. Aber die Umstände erlaubten es ihm nicht. Ein kalter Schauer hatte ihn durchjagt, als Cam ihm erzählt hatte, daß Sara in einem wenig vornehmen Viertel in einem verlassenen Lagerhaus wohnte. Er konnte sie nicht sich selbst überlassen, wenn sie an einem so gefährlichen Ort wohnte, und dieser Verrückte aus New York sich immer noch auf freiem Fuß befand.

Bei diesem Gedanken schreckte Jordan plötzlich zusammen. Als Sara ihn eben verlassen hatte, war sie furchtbar aufgebracht gewesen. Er kannte sie gut genug, um zu wissen, daß sie ihre kontrollierte Haltung nur mühsam aufrecht erhalten hatte. Was wäre, wenn sie jetzt die Party verlassen hätte und zu diesem gottverlassenen Lagerhaus gefahren wäre? Zum Teufel, was, wenn dort Kemp auf sie wartete?

Jordan fluchte unterdrückt, während er eilig die Terrassentür aufriß und Sara mit besorgten Blicken in der Menge suchte.

2

Mit quietschenden Reifen fuhr die dunkelblaue Limousine gleich hinter Saras Sportwagen in die Garage des Lagerhauses.

Saras Herz setzte vor Schreck aus. Dann, als sie Jordan

hinter dem Steuer erkannte, atmete sie auf. Aber kurz darauf machte ihre Erleichterung aufgeregtem Herzklopfen Platz. Verflixt, sie hatte gehofft, es wäre vorbei. Sie wollte, daß es vorbei wäre!

Ärgerlich stieg sie aus dem Wagen und knallte die Tür zu. »Das ist ein Privatparkplatz. Du darfst hier nicht . . .«

»Und ob ich darf!« unterbrach er sie und trat auf sie zu. »Ich konnte es kaum glauben, als Cam mir von deiner Wohnung erzählte. Bist du noch bei Sinnen? Das hier ist der ideale Ort für einen Überfall! Privatparkplatz, ha!«

»Die Gegend hier wird häufig von Streifenwagen kontrolliert«, verteidigte sie sich. »Und es geht dich nichts an, wo ich wohne. Geh weg, Jordan!«

»Erst, wenn du sicher in deinem Apartment bist.«

»Nein, ich . . .« Aber Jordan ging bereits zielstrebig auf den Aufzug zu. Sara blieb nichts anderes übrig, als hinter ihm herzulaufen. »Ich brauche keine Begleitung bis vor meine Wohnungstür. Ich bin lange genug auch ohne dich ausgekommen.«

»Natürlich.« Jordan drehte sich um und sah ihr ins Gesicht. Die Glühbirne über dem Lift beleuchtete seine grimmige Miene. »Du richtest dir dein Leben so ein, daß du die Nummer eins auf der Abschußliste eines Triebtäters bist und dann ziehst du in ein verlassenes Lagerhaus am Hafen. Warum kehrst du nicht nach New York zurück und bringst ihm ein Messer, damit er dir gleich die Kehle durchschneiden kann?«

Verwirrt starrte sie ihn an. »Woher weißt du das mit Kemp?«

Jordan erwiderte nichts.

»Woher, Jordan?«

»Es stand in allen Zeitungen«, entgegnete er ausweichend.

»Doch nicht in den australischen.« Sie blickte ihn eindringlich an. »Du bist gestern in Sausalito gewesen, oder?«

Jordan senkte den Blick.

»Du bist mir gefolgt«, flüsterte sie. »Wie lange?«

»Ich bin erst seit drei Wochen hier.«

»Drei Wochen? Cam wußte nicht einmal, daß du Half Moon verlassen hast.« Auf einmal erinnerte sie sich an Cams seltsamen Gesichtsausdruck, als sie ihn nach Jordans Aufenthaltsort gefragt hatte. »Oder wußte er doch Bescheid? Hat er mich angelogen?«

Jordan schwieg einen Augenblick, dann schüttelte er langsam den Kopf. »Du solltest wissen, daß Cam niemals lügt.« Sein Lächeln war bitter. »Er ist doch der Tugendbold in der Familie.«

»Aber er hat mir doch irgend etwas verschwiegen, oder etwa nicht?«

»Ist das dein berühmter Interview-Stil?« Jordan zuckte die Schultern. »Vielleicht hat Cam vermutet, daß ich hier bin. Er wußte, daß ich im vergangenen Jahr mehrmals in San Francisco war.«

»Du warst mehrmals in San Francisco?« Benommen schüttelte Sara den Kopf. »Warum, um Himmels willen?«

»Ich wollte in deiner Nähe sein«, entgegnete er schlicht.

Sara fühlte sich unendlich erschöpft. Ihr anfänglicher Ärger begann, sich zu verflüchtigen, aber sie bemühte sich verzweifelt, ihn aufs neue zu schüren. »Du hast mich also überwacht! Wer gibt dir das Recht dazu?«

»Ich wollte, daß du sicher bist. Kemp . . .«

»Es hört sich an, als hättest du mich auf Schritt und Tritt verfolgt.«

»Ich bin dir nicht wie ein hungriger Wolf hinterhergelaufen. Wie du weißt, habe ich auch noch meinen Beruf. Ich habe mich an eine Detektei gewandt, wenn ich nicht zur Stelle sein konnte.«

»Du hast Privatdetektive hinter mir hergeschickt?« Bitter lächelnd nickte sie. »Aber natürlich, »du hast deine Besitztümer immer bewachen lassen.« Verzweifelt suchte sie in ihrer Handtasche nach ihrem Wohnungsschlüssel. »Aber mich besitzt du nicht mehr, das scheinst du vergessen zu haben!«

Jordan zuckte zusammen. »Ich habe dich nie als meinen Besitz betrachtet, Sara.«

»Wirklich nicht?« Sie lachte unsicher, während sie die Lifttür aufschloß. »Was war ich denn für dich?«

»Die Frau, die ich liebe.«

Sie schloß die Augen. »Nicht, Jordan! Lüg mich nicht an!«

»Ich lüge nicht«, erwiderte er mit heiserer Stimme. »Komm zurück zu mir. Ich zeige dir, wie gut alles für uns beide werden kann.«

Sara fuhr mit blitzenden Augen zu ihm herum. »Wie könnte ich dir vertrauen? Ich kenne dich, Jordan. Du kannst nichts, was dir einmal gehört hat, aufgeben.«

»Du hast recht, ich kann dich nicht aufgeben. Ich werde alles versuchen, dich zurückzubekommen.« Er hielt inne. »Alles.«

Seine Worte waren wie Salz in Saras offene Wunden. »Es geht nicht mehr. Es ist zu spät. Vielleicht gab es aber auch von Anfang nichts, worauf wir eine Beziehung hätten aufbauen können.«

»Du hast uns keine Chance gegeben«, stellte er mit

rauher Stimme fest. »Du hättest mit mir reden können, mir von deinen Gefühlen berichten können. Du mußtest doch nicht weglaufen!«

»Jedesmal, wenn ich mit dir reden wollte, sind wir im Bett gelandet. Wir haben uns beide etwas anderes unter unserer Ehe vorgestellt. Es konnte nicht gutgehen.« Sie trat in den Lift. »Gute Nacht, Jordan.«

»Ich komme mit dir.« Ohne auf eine Antwort zu warten, trat er in die enge Kabine. »Keine Angst, ich verlasse dich an deiner Wohnungstür. Ich möchte mich nur vergewissern, daß dir niemand auflauert.« Er drückte einen Knopf. Der Aufzug fuhr rumpelnd an und schlich mit quälender Langsamkeit nach oben.

»Wie könnte jemand nach oben gelangen, wenn der Lift doch abgeschlossen ist?« fragte Sara unwillig.

»Es gibt so etwas wie Generalschlüssel.«

Er war ihr zu nah! Obwohl er sie nicht berührte, spürte Sara seine Wärme und roch seinen charakteristischen Duft. Warum mußte dieser verflixte Aufzug nur so schleichen?

Jordans Blick brannte auf ihrem Gesicht, und sie war sicher, daß er wußte, daß ihr Puls beschleunigt war, daß sie erregt war. Schon immer war er sich der kleinsten körperlichen Reaktion, die ihre Worte Lügen strafte, bewußt gewesen und hatte dieses Wissen ausgenutzt, um sie zu beschämen und zu beleidigen.

»Erinnerst du dich an das erste Mal, als du mit dem Lift in mein Büro in Sydney gefahren bist?«

Sie spürte, wie sich ihr Magen verkrampfte und sich ihre Wangen röteten. »Nein.« Abrupt kehrte sie ihm den Rücken zu.

»Ich aber.« Seine Stimme klang samtweich an ihrem Ohr. »Wir waren erst seit ein paar Wochen verheiratet, und du wolltest Bandor-Tower besuchen, um zu sehen, wo ich arbeite. Wir hatten uns an diesem Morgen geliebt, aber es hatte uns beiden nicht gereicht. Irgend etwas geschah mit uns. Ich hielt den Lift zwischen zwei Stockwerken an . . .«

Sara spürte, wie sich ihre Brustwarzen erregt unter dem dünnen Seidenstoff aufrichteten. Erinnerungen an diese ungezügelte, wilde Leidenschaft stiegen in ihr auf: Jordans sanfte Gewalt, als er sie auf den mit dickem Teppich ausgelegten Boden der Liftkabine zog . . . Ihre eigenen Schreie, als er wieder und wieder in sie eingedrungen war . . .

»Deine Haut ist so weich . . .« Er berührte sie sanft mit dem Zeigefinger. »Weich wie Seide . . .«

Seine Finger glitten über ihren nackten Rücken zu ihren Schulterblättern und hinterließen eine brennende Spur auf Saras Haut.

Mit einem Ruck hielt der Lift an. Ich sollte die Tür öffnen, überlegte Sara verzweifelt, jetzt gleich! Aber sie konnte sich nicht bewegen. Wie angewurzelt blieb sie stehen und überließ sich Jordans zärtlichen Fingern. »Du bist so schön . . .« Hinter sich hörte sie seinen flachen Atem, und seine Erregung ließ sie erschauern. »Ich brauche dich nur zu sehen, schon bin ich verrückt nach dir. Ich könnte dich stundenlang betrachten, Sara.« Auf einmal schlüpften seine Hände in den tiefen Ausschnitt ihres Kleides und glitten über ihren Po.

Sara schnappte nach Luft. Bei seiner Berührung fühlte sie sich wie elektrisiert.

»Es ist so lange her.« Jordans Stimme klang sehnsüchtig. »Manchmal bin ich vor Verlangen nach dir fast wahnsinnig geworden.«

Unwillkürlich schloß sie die Augen und lehnte sich

gegen seine Schulter. Am liebsten hätte sie sich Jordans Händen überlassen, bis er ihr das gab, was sie brauchte. Jordan wußte genau, wie er ihr Lust bereiten konnte . . . Dann hatte sie sich ihm immer sehr nah gefühlt. Aber auch nur dann . . .

Die körperliche Nähe war alles, woran er sie teilhaben ließ. Dieser Gedanke schmerzte so sehr, daß ihre Lust erstarb.

»Nein!« Sara entzog sich ihm und öffnete mit unsicheren Händen die Tür. Endlich stand sie auf dem Flur und schloß ihre Wohnungstür auf.

»Sara . . .« Jordan war neben ihr, seine Stimme klang drängend. »Laß mich eintreten. Du willst es doch auch. Du willst mich!«

Mit bleichem Gesicht drehte sie sich zu ihm um. »Ja, ich will dich. Aber das spielt keine Rolle, verstehst du! Ich möchte die Gedanken meines Mannes kennen und seine Gefühle. Ich möchte ihm nah sein, mit ihm verschmelzen . . .« Tränen traten ihr in die Augen. »Was rede ich da? Du verstehst mich ja doch nicht!«

»Vielleicht doch«, entgegnete Jordan zögernd. »Aber ich bin nicht sicher, ob ich dir das geben kann, was du verlangst.«

»Als ich Half Moon verließ, habe ich mir geschworen, mich auf keine Kompromisse mehr einzulassen.« Sara wandte sich ab. »Vielleicht ist es besser, du vergißt mich.«

»Ich kann dich nicht vergessen«, erwiderte er gequält. »Wie kann ich dir nur begreiflich machen, daß ich dich nie vergessen werde!«

Sie zögerte. »Ein für allemal – laß mich in Ruhe, Jordan!« Sara trat in ihr Apartment und knallte die Tür hinter sich zu.

Sie lehnte sich gegen die Wand. Auf einmal fühlte sie sich unglaublich schwach. Beinahe hätte sie Jordan nachgegeben. Immer noch zitterte sie am ganzen Körper vor Erregung und vor Verlangen nach ihm. Aber sie war nicht schwach geworden! Das nächste Mal würde es ihr noch leichter fallen. Es mußte ihr einfach leichter fallen!

Vor der geschlossenen Wohnungstür drehte Jordan sich um und betrat mit zusammengebissenen Zähnen den Lift. Kurz darauf saß er wieder in seiner Limousine und starrte blicklos durch die Windschutzscheibe in die Dunkelheit. Gleich würde der Schmerz nachlassen, und er würde wieder klar denken können. Er brauchte nur auszuhalten . . . Mit beiden Händen umklammerte er das Lenkrad und legte die Stirn auf den kühlen Rahmen.

Ein paar Minuten später hob er den Kopf und löste seinen Griff. Er hatte seine Selbstbeherrschung wiedererlangt. Er wollte noch eine Weile hier sitzen bleiben, über Saras Worte nachdenken und Pläne schmieden. Er hatte viel Zeit, und es gab keinen Grund, warum er Sara ohne Bewachung lassen sollte.

Am nächsten Morgen im Büro erschien ein Bote, der Sara ein Päckchen hinhielt. Nachdem Sara verwundert die Verpackung entfernt hatte, hielt sie ein mit Rubinen und Diamanten besetztes Armband in der Hand. Die schwarze Samtschachtel enthielt keine Karte.

Um zwei Uhr nachmittags gab man für sie einen langen Zobelmantel zusammen mit einem Riesenstrauß gelber Rosen ab. Wieder ohne Karte.

Gegen vier Uhr rief sie der Parkwächter an. Man hatte ihm die Schlüssel für Saras neuen Sportwagen überbracht und er ließ fragen, ob ihr jemand die Schlüssel hinaufbringen sollte.

»Nein!« Sara umklammerte den Telefonhörer. »War eine Karte bei den Schlüsseln?«

Nein. Sie hatte die Antwort schon erwartet. Keine Karte. Langsam legte sie den Hörer auf und starrte benommen auf das cremefarbene Telefon auf ihrem Schreibtisch.

»Jordan?« fragte Penny.

»Sieht so aus. Wer sonst würde mir einen Wagen für hunderttausend Dollar ohne eine Nachricht schicken?« Sara schüttelte verwirrt den Kopf. »Warum macht er das?«

»Das weißt du besser als ich.« Penny schnitt eine Grimasse. »Aber du solltest dafür sorgen, daß er damit aufhört. Du weißt doch, was Mac von der Abwicklung persönlicher Probleme während der Dienstzeit hält.«

»Das werde ich! Und zwar gleich!« Sara steckte die Schachtel mit dem Armband in ihre Handtasche und legte sich den Zobel über den Arm. »Wir sehen uns morgen, Penny.«

»Du brauchst ihn nicht wiederzusehen. Du könntest jemanden schicken.«

»Juwelen, einen Pelz und einen Sportwagen einem Fremden anvertrauen?« Sara schüttelte den Kopf. »Nein, das kann man doch nicht!«

»Jordan kann es.« In Pennys braunen Augen blitzte Respekt auf. »Er ist nicht dumm. Wenn er dich zwingen wollte, dich mit ihm zu treffen, hat er jedenfalls ein einmaliges Mittel gefunden.«

»O ja, Jordan ist in jeder Beziehung einmalig!« Sara kehrte der Chefredakteurin den Rücken zu und verließ die Nachrichtenagentur.

Fünfundvierzig Minuten später hämmerte sie gegen Jordans Tür im Fairmont.

»Warum?« fragte sie, noch bevor Jordan die Tür ganz geöffnet hatte. Sie trat mit festen Schritten ein, überreichte ihm die Schmuckschachtel und warf den Zobel und die Wagenschlüssel auf die weiße Ledercouch. »Du weißt genau, daß ich das nicht annehme!«

»Du warst gestern abend so aufgebracht, und ich hatte Angst, dich nie wiederzusehen.« Jordan schloß die Tür und lehnte sich mit dem Rücken dagegen. »Ich dachte, ich könnte so zwei Fliegen mit einer Klappe schlagen.«

»Zwei Fliegen mit einer Klappe schlagen? Was zum Teufel meinst du damit?«

Er grinste. »Dich dazu zu bewegen, dich mit mir zu treffen, und dir gleichzeitig den Hof zu machen.«

Ungläubig starrte sie ihn an. »Mir den Hof zu machen? Wir leben in Scheidung!«

Jordan schüttelte den Kopf. »Selbst in hundert Jahren werden wir nicht geschieden sein. Du bist alt und grau, bevor es dir gelingt, die juristischen Knoten zu entwirren, die sich meine Rechtsanwälte gerade ausdenken.«

»Jordan, sei doch vernünftig! Ich werde meine Meinung nicht ändern.«

»Aber sicher.« Er preßte die Lippen zusammen. »Und ich dachte, du wüßtest, daß ich nie vernünftig reagieren kann, wenn es dich betrifft.« Er stieß sich von der Tür ab. »Ich versuche, dir das zu geben, was du dir von mir wünschst. Du behauptest, du hättest mich nie kennengelernt. Nun, du sollst mehr über mich erfahren, als du über deine beste Freundin weißt. Letzte Nacht habe ich lange über alles nachgedacht und beschlossen, daß der größte Fehler, den ich gemacht habe, gewesen ist, nicht erst lange um dich zu werben.« Er lächelte schwach.

»Wenn du dich erinnerst – als wir uns das zweite Mal sahen, endete diese Begegnung im Bett, und nach einer Woche waren wir verheiratet. Wir hatten wenig Zeit für konventionelle Rituale.«

»Jordan . . .« Verzweifelt sah sie ihn an. »Es ist zu spät. So geht das nicht!«

»Doch.« Jordans Stimme klang entschlossen. »Du glaubst, ich bin nur am Sex und an deinem Körper interessiert, nicht wahr? Nun, es bereitet mir größtes Vergnügen, mit dir zu schlafen, aber das ist nicht alles. Verflixt, Sara, ich liebe dich!«

»Ich kann dir nicht glauben.«

Energisch trat er einen Schritt auf sie zu, hielt jedoch inne, als sie vor ihm zurückwich. »Tut mir leid, es ist ein automatischer Reflex, dich in die Arme nehmen zu wollen.« Seine Stimme klang auf einmal fest. »Und was Sex angeht; das, was sich zwischen uns abgespielt hat, ist etwas sehr Schönes gewesen.« Er holte tief Luft. »Aber trotzdem, ich mache dir ab jetzt den Hof, bis du mir sagst, daß du mich willst, und soll ich dir auch sagen, wie ich das mache?«

Sara nickte zögernd.

»Ich werde dir alles geben, nur keinen Sex.«

Überrascht riß sie die Augen auf.

»Ich habe anfangs auch meine Zweifel gehabt, ob das funktioniert. Aber nach reiflicher Überlegung bin ich zu dem Schluß gekommen, daß es gehen wird.« Er lächelte. »Ich versichere dir, wenn es eine andere Möglichkeit gäbe, würde ich Himmel und Hölle in Bewegung setzen, um damit zum Ziel zu kommen. Aber Sex scheint ein Zauberwort zu sein, was unsere Probleme angeht. Du glaubst, das ist alles, was ich von dir will, und daß ich damit manipuliere. Richtig?«

Wieder nickte sie.

»Also, deshalb werde ich dich nicht berühren und dich auch nicht manipulieren. Wir verabreden uns, wir reden miteinander. Wir flirten. Okay?«

»Was ist, wenn ich nein sage?«

Seine Augen glitzerten belustigt. »Dann erhältst du jede Stunde ein Geschenk von mir. In deiner Redaktion. Ich werde dich wie ein einsamer junger Hund verfolgen und . . .« Er senkte die Stimme. ». . . und bei jeder Gelegenheit versuchen, dich zu verführen.«

»Ich verstehe.« Ihr Blick glitt forschend über sein Gesicht. »Das ist kein Trick? Du meinst es wirklich ernst?«

»Du liebe Güte, ich verspreche es dir, Sara!«

»Ich weiß, daß du deine Versprechen nie brichst, wenn es um geschäftliche Belange geht. Aber ich weiß wirklich nicht . . .«

»Warum vertraust du mir nicht?«

Womöglich begehe ich einen furchtbaren Fehler, überlegte Sara, aber ich bin im Begriff, auf seinen Vorschlag einzugehen. Jordan war ihr ein Rätsel. Er hatte ihr erklärt, daß er alles versuchen würde, um sie zurückzugewinnen. Vielleicht war dies hier nur ein neuer Trick, sie zu entwaffnen. Schon öffnete sie den Mund, um ihm zu sagen, daß sie sich doch nicht drauf einlassen würde.

»Bitte«, murmelte Jordan.

Sara spürte, wie etwas in ihr schmolz. Jordan hatte immer gefordert, genommen oder sie dazu verführt, seinen Wünschen nachzugeben. Sie konnte sich nicht erinnern, daß er sie jemals um etwas gebeten hatte. Bestand tatsächlich Hoffnung? Wollte sie das überhaupt?

Ihr Leben verlief doch in herrlich ruhigen Bahnen, seit Jordan nicht mehr da war, um ihre Sinne zu verwirren.

»Vertrau mir. Ich werde nie wieder versuchen, dich zu manipulieren.«

Ihm vertrauen! Zwischen ihnen hatte es nie Vertrauen gegeben, nur Leidenschaft und körperliche Anziehungskraft. Wenn Jordan es wirklich ernst meinte . . .

»Sara, antworte mir.«

»Ich vertraue dir. Jedenfalls im Augenblick«, erwiderte sie zögernd. »Aber wenn du wirklich um mich werben willst, mußt du all diese Privatdetektive entlassen und aufhören, mich zu bewachen.«

Die Spannung wich aus Jordans Gesicht. »Gut. Du wirst deine Entscheidung nicht bedauern.«

Sie sah ihm in die Augen. »Und wenn, dann war es wirklich das letzte Mal. Noch einmal halte ich das alles nicht aus. Ich bin nicht masochistisch veranlagt, Jordan.«

»Alles wird gut, Sara.« Er lächelte und sah auf einmal so glücklich aus wie ein kleiner Junge, dem man ein Eis gekauft hatte. »Dafür sorge ich schon.«

Sie seufzte. »Jordan . . . Du sollst nicht immer für alles ›sorgen‹!«

»Entschuldige.« Seine blauen Augen funkelten verschmitzt. »Es ist mir nur so . . .«

»Automatisch herausgerutscht«, beendete sie den Satz für ihn. Unwillkürlich mußte sie lächeln. »Du hast einen weiten Weg vor dir.«

»Aber ich werde mein Ziel erreichen!« Er blickte sie ernst an. »Nur – ich brauche dazu deine Hilfe, Sara. Ich habe dich nie zuvor um Hilfe gebeten, aber jetzt tue ich es für uns.«

Auf einmal war das zwischen ihnen lastende Schweigen emotionsgeladen. Unfähig, ihren Blick abzuwenden, sah Sara Jordan in die Augen. Dann nickte sie. »Ich werde dir helfen, aber nur, wenn du aufhörst, mir weiter Geschenke ins Büro zu schicken. Sie lachte unsicher. »Mac fährt aus der Haut, wenn du mich damit weiter von der Arbeit abhältst. So etwas duldet er in seiner Nachrichtenagentur nicht. Also keine Geschenke mehr. Okay?«

»Keine Geschenke mehr.« Bedauernd blickte Jordan auf den Pelzmantel auf der Couch. »Ich nehme an, das da kannst du auch nicht akzeptieren, oder?«

»Nein«, entgegnete sie fest.

»Schade. Ich werde die Sachen aufheben, bis du deine Meinung geändert hast . . .« Als er Saras argwöhnischen Gesichtsausdruck bemerkte, brach er ab. »Ich weiß. Du brauchst mir nichts zu sagen. Ich bedränge dich mal wieder.«

»Das hast du neun Monate lang getan«, stellte sie trocken fest.

»Diesmal wird alles anders, das verspreche ich dir.« Plötzlich wandte er sich ab und öffnete die Tür. »Ich hole dich um sieben ab, Sara. Ich muß dir unbedingt etwas zeigen.«

Offenbar bin ich fürs erste entlassen, dachte Sara amüsiert. »Man wirft eine Dame nicht einfach hinaus«, meinte sie leichthin. »Jedenfalls nicht, wenn man ihr den Hof macht.«

Jordan lächelte. »Kommst du heute abend bitte mit mir?«

»Ich freue mich.« An der Tür drehte sich Sara noch einmal um. »Was soll ich anziehen? Abendgarderobe?«

»Jeans, Turnschuhe und eine Windjacke. Wir sehen uns dann um sieben.«

Sie spürte seinen Blick auf ihrem Rücken, als sie den

Flur entlang zu den Aufzügen ging. Auf was habe ich mich da nur eingelassen? fragte sie sich verwundert. Alles fing von vorne an – sie ließ sich von Jordan zu etwas überreden, so als hätte sie sich auf diese Art und Weise noch nie die Finger verbrannt.

Als sie den Lift erreicht hatte, warf sie über die Schulter hinweg einen Blick zurück. Jordan stand immer noch in der Tür seiner Suite und sah ihr nach.

Er lächelte ihr liebevoll zu. »Alles wird gut, Liebling«, rief er weich, so als hätte er ihre Zweifel erraten. »Du machst keinen Fehler.« Leise schloß er die Tür.

Sara spürte, wie ihre Sorgen sich verflüchtigten. Seltsamerweise fühlte sie sich beruhigt. Sie drückte auf den Aufzugknopf. Warum sollte sie Jordan keine Chance geben, ihr zu beweisen, daß sie sich in ihm geirrt hatte? Was hatte sie zu verlieren?

Und was hatte er wohl für den Abend geplant? Zu Jordans Verführungskünsten paßten Kerzenlicht und zärtliche Musik – aber keine Jeans und Turnschuhe.

Verwirrt betrachtete Sara die riesige Stahlkonstruktion des im Bau befindlichen Wolkenkratzers. »Wolltest du mir das zeigen?«

Jordan nickte und reichte ihr einen gelben Helm. »Zieh das hier an. Ich möchte dich mit nach oben nehmen. Man hat einen großartigen Blick auf die Bucht.« Er zog seinen eigenen Helm auf und ergriff Saras Hand. »Es dauert noch vier Monate, bis alles fertig ist, aber du kannst schon einiges erkennen.«

»Wird das ein neues Hotel?«

Jordan schüttelte den Kopf. »Es wird die neue Hauptverwaltung von ›Bandor International‹. Der ganze

Verwaltungskomplex zieht von Sydney nach San Francisco um.«

Überrascht weiteten sich Saras Augen. »Warum?«

»Weil es dir hier besser gefällt.« Jordan sah sie nicht an, während er sie vorsichtig über die Baustelle führte. »Und weil ich weiß, daß du dich hier wohler fühlst.« Seine Hand schloß sich fester um ihre. »Ich möchte, daß du weißt, daß ich nur um dein Wohl besorgt bin. Vielleicht hättest du mit einigen Dingen anders umgehen können, wenn du nicht zwangsläufig in einem fremden Land gelebt hättest.«

»Du ziehst meinetwegen um?« flüsterte sie. »Was, wenn es nicht . . .«

»Ich habe dir doch schon gesagt, daß alles gutgehen wird – diesmal.« Er zog sie in die Aufzugskabine und drückte auf einen Knopf. Schnell brachte sie der Lift nach oben. »Übrigens, so sollte ein Aufzug funktionieren. Soll ich dir nicht ein paar Monteure schicken, die deine Antiquität auf den neuesten Stand bringen?«

»Ich mag diesen Aufzug. Er hat Persönlichkeit.«

Jordan lächelte. »Das hast du auch von deinem alten Käfer behauptet, den du in Sydney gefahren hast.«

Sara versteifte sich. »Ich mochte den Wagen. Du hattest kein Recht, ihn mir wegzunehmen und mir einen anderen zu kaufen.«

»Zum Teufel, Sara, ich hatte Angst, die alte Kiste würde unter dir zusammenbrechen! In meinen Alpträumen habe ich dich schon im Krankenhaus oder auf dem Friedhof gesehen.«

»Wirklich?« Sara war erstaunt. »Warum hast du mir nicht erzählt, daß du dir Sorgen machst? Ich bin doch nicht unvernünftig. Ich dachte immer, du wolltest nicht, daß deine Frau ein schrottreifes Auto fährt.«

»Ich dachte, du wüßtest . . .« Jordan brach ab und starrte zu Boden. »Ich benehme mich wie ein Idiot, wenn ich über Dinge reden soll, die mir wichtig sind. Es ist, als wäre alles tief in mir verschlossen.« Der Lift hielt, und er trat hinaus auf die Eisenträger. »Sei vorsichtig. Es ist nicht ganz ungefährlich hier, aber es lohnt sich. Gib mir deine Hand.« Mit schmerzhaft festem Griff ihre Hand haltend, führte er sie über die Stahlkonstruktion. »Setz dich hier hin«, sagte er und wies auf eine stabile Stahlstrebe.

Sara setze sich und atmete mit tiefen Zügen die klare, kühle Luft. In der Ferne erblickte sie die tiefblaue Bucht. »Du hast recht, Jordan. Der Blick ist phantastisch. Ich bin froh, daß du mich hier heraufgebracht hast. In dieser Höhe fühlt man sich schon eigenartig, nicht wahr?«

»Wie meinst du das?« Jordan ließ sich neben ihr nieder. Seine Hand ließ ihren Arm nicht los. »Rück ein wenig von der Kante weg, sonst fällst du noch runter, und ich glaube nicht, daß du das dann auch noch phantastisch finden würdest.«

Sara folgte seinem Rat. »Ich weiß nicht. Ich fühle mich so klein, wenn ich auf all diese Wolkenkratzer sehe und mir vorstelle, daß auch sie einmal nur Eisenträger und Drähte gewesen sind . . .« Sie gestikulierte hilflos. »Verstehst du, was ich damit sagen will?«

»Ich glaube, schon. Wenn man in sie hineinschauen würde, würde man feststellen, daß sie sich sehr ähnlich sind.« Plötzlich sah er sie liebevoll an. »So wie wir auch.«

Sara nickte. »Das meinte ich zwar nicht, aber du hast recht. Aber da ist noch etwas anderes. Das Gerüst muß stark und tragfähig sein . . .«

»Das bist du doch auch. Du bist eine sehr starke Frau.«

»Glaubst du das wirklich?« Überrascht wandte sie ihm

das Gesicht zu. »Als ich bei dir lebte, habe ich nicht viel davon gezeigt. Sonst hätte ich dich nie so über mich bestimmen lassen.«

»Ich habe immer gewußt, wie stark du bist.« Jordan blickte auf die Stadt unter ihnen. »Das hat mich zu Tode erschreckt.«

»Du machst Witze!«

Er schüttelte den Kopf. »Es ist leicht, mit jemandem zusammenzuleben, der schwach ist. Aber viel schwerer, sich mit jemandem zusammenzuraufen, der genauso stark ist wie man selbst. Ich wußte, wenn ich nicht ganz besonders aufmerksam sein würde, würde ich alles falsch machen.« Er drehte den Kopf und begegnete Saras Blick. »Und ich bin aufmerksam gewesen. Ich habe dich genau beobachtet und meine ganze Energie aufgewandt, dich zu durchschauen.«

Verwundert starrte sie ihn an. »Aber warum?«

»Ich wollte dich nicht verlieren.« Er lächelte bitter. »Und dann ist genau das passiert. Das beweist, daß ich längst nicht so klug bin, wie ich dachte.«

»Warum erzählst du mir das alles?«

»Aus dem gleichen Grund, warum ich versucht habe, dich keine Sekunde mehr aus den Augen zu lassen: Weil ich dich nicht verlieren will. Ich will dich nicht noch einmal verlieren.« Er zeigte auf die Bucht. »Ich habe draußen in Sausalito etwas Grund und Boden gekauft. Wenn du so weit bist, einen Architekten für unser Haus zu suchen, zeige ich dir alles.«

Sara schüttelte den Kopf. »Die Hauptverwaltung, ein Haus – das geht mir alles zu schnell.«

»Ich habe achtzehn Monate gewartet, mir kommt das alles verdammt langsam vor.« Jordan erhob sich. »Wir fahren besser hinunter. In der Dunkelheit sind wir hier oben nicht sicher.« Er zog sie auf die Füße und half ihr über das Dach zum Aufzug. Kurz darauf fuhren sie hinunter.

Auf einmal stellte Sara fest, daß Jordans Hand, die an den Liftknöpfen lag, zitterte. Als sie aufblickte, entdeckte sie sein bleiches, angestrengtes Gesicht. »Jordan, was ist mit dir?«

Er lächelte. »Nichts. Ich hatte nur entsetzliche Angst, du könntest vom Gerüst fallen.«

»Warum hast du mich dann mit hinauf genommen?«

Der Lift kam zum Stillstand, und Jordan führte sie hinaus. »Ein kleiner Test.«

»Für mich?«

»Nein, für mich. Vor achtzehn Monaten hätte ich es nicht ertragen, dich da oben zu sehen.« Er geleitete sie über die Baustelle. »Aber heute ist es mir gelungen, und ich denke, das sagt einiges aus.«

»Ich verstehe dich nicht.«

Sie hatten den Bürgersteig erreicht, und Jordan blieb stehen und drehte Sara zu sich herum. Er nahm ihr den gelben Helm vom Kopf, dabei strichen seine Finger zart über ihre Haare. »Es reicht nicht, wenn du mich besser kennenlernst. Ich muß mich selbst besser kennenlernen. Ich muß wissen, was mir möglich und was mir unmöglich ist.«

Verwirrt blickte sie zu ihm auf. »Vielleicht müssen wir beide einiges lernen«, erwiderte sie langsam. »Du überraschst mich jeden Augenblick aufs neue. Selbst du scheinst Fehler zu haben und das auch noch zu wissen.«

»Dann kann ich dir jetzt nicht länger den furchtlosen Ritter vorspielen?«

»Nein.« Sara lächelte. »Aber ich glaube, mit ein paar Löchern in deinem Panzer gefällst du mir besser.«

Er lachte leise. »Bei Löchern muß ich an deinen alten Käfer denken.«

»Persönlichkeit ist mir wichtiger als alles andere«, versicherte sie ihm ernsthaft. »Und rauhe Kanten sind immer interessanter als glatte Konturen.«

Jordan zog seinen gelben Helm vom Kopf und ging auf die Limousine zu, die er am Straßenrand geparkt hatte. »Komm, wir fahren zu einem Café, dann zeige ich dir noch mehr von meinen rauhen Kanten. Davon habe ich nämlich jede Menge.«

Sie schüttelte den Kopf. »Ich sollte jetzt besser nach Hause fahren. Ich muß morgen arbeiten.«

Jordan drehte sich um und musterte Sara eindringlich. »Deine Arbeit ist dir sehr wichtig, nicht wahr? Ich habe in den letzten Monaten einige deiner Interviews gelesen und fand sie recht beachtlich.«

»Danke. Interviews sind mir lieber als Artikel, die ich anhand von trockenen Tatsachen zusammenstellen muß. Es bedeutet für mich eine Herausforderung, die Motive und Beweggründe der Menschen herauszufinden, die auf uns alle nicht ohne Einfluß sind.« Sara verzog das Gesicht. »Unglücklicherweise haben die meisten dieser interessanten Leute keine Publicity nötig, und ich vergeude viel Zeit damit, sie dazu zu überreden, sich von mir befragen zu lassen. Bei Alex Ben Raschid oder Margaret Thatcher habe ich schon mehrmals angeklingelt, aber bis jetzt hatte ich kein Glück.«

»Für eine so zielstrebige Frau wie dich bedeutet es doch nur eine Frage der Zeit.« Jordan lächelte schwach. »Also keinen Kaffee?«

Sara zögerte.

»Wenn ich dich noch einmal frage, behauptest du

wieder, ich wollte dich manipulieren. Es liegt also allein bei dir, Sara.«

Es war ihre Entscheidung, nicht Jordans. Auf einmal fühlte sie sich ganz übermütig. »Es liegt wirklich allein bei mir.« Sie steckte die Hände in die Taschen ihrer Windjacke. »Und eigentlich habe ich überhaupt keine Lust, nach Hause zu fahren.«

Jordan zog die Brauen hoch und wartete.

»Außerdem habe ich große Lust auf eine Tasse Kaffee.«

Jordan verbeugte sich spielerisch vor ihr. »Ich fühle mich zutiefst geehrt, Mylady.« Dann hielt er ihr die Wagentür auf. »Vor der Geisterstunde bringe ich dich nach Hause.«

»Wie war's?« fragte Cam, sobald Jordan kurz nach Mitternacht die Suite betrat. »Erfolg?«

Jordan wiegte den Kopf. »Hoffnung.« Er ging an den Schreibtisch und hob den Hörer vom Telefon. »Ich schätze, das ist im Augenblick aber schon als Erfolg zu werten.«

»Du liebe Güte, sind wir bescheiden geworden.« Cam zwinkerte ihm zu. »Spricht da wirklich der echte Jordan Bandor?«

»Aus meinen Augen, Bastard«, zischte Jordan, während er eine Nummer wählte. »Ich habe auch ohne dein Gestänker genug am Hals. Ich habe Sara versprochen, die Detektive zurückzurufen.«

Cam pfiff leise durch die Zähne. »Und darauf läßt du dich ein?«

»Ich habe ihr mein Wort gegeben.« Jordan packte den Hörer fester. »Und ich stehe dazu. Ich muß nur noch einen Weg finden, daß sie auch ohne Leibwache sicher ist.«

»Und wie stellst du dir das vor?«

»Indem ich soviel Zeit wie möglich mit ihr verbringe.« Jordan lächelte fröhlich. »Das hatte ich sowieso vor.« Am anderen Ende der Leitung ertönte das Freizeichen. »Und wenn ich schon nicht Sara bewachen darf, beauftrage ich die Detektive damit, in New York ein Auge auf Kemp zu haben. Es wird ihm kaum gelingen, Marambas' Leuten durchs Netz zu schlüpfen.« Marambas' Stimme meldete sich. Jordan sprach in den Hörer. »Mr. Marambas? Ich habe meine Pläne geändert. Ich stelle mir das alles folgendermaßen vor . . .«

Zwei Minuten später legte Jordan den Hörer auf und starrte stirnrunzelnd auf das Telefon.

»Alles klar?« fragte Cam.

»Wie bitte?« Jordan schien in Gedanken weit weg zu sein. Er griff wieder nach dem Hörer. »Wieviel Uhr ist es jetzt in Sedikhan? Kann man da noch anrufen?«

»Natürlich. Aber was willst du in Sedikhan?«

Jordan antwortete nicht. Er sprach schon mit der Vermittlung.

3

»Du siehst müde aus. Hattest du keinen guten Flug?«

Saras Herz hüpfte vor Freude, als sie sich umwandte und hinter sich Jordan entdeckte. Er war lässig gekleidet. Die Jeans und das helle Sporthemd standen ihm ausgezeichnet. In der hektischen Menschenmenge am Zoll wirkte er wie ein Fels in der Brandung.

»Es ging«, erwiderte sie. »Sedikhan ist verdammt weit weg. Ich habe wahrscheinlich zu wenig geschlafen. Die Zeitverschiebung macht mir zu schaffen. Schön, daß du mich abholst. Ich habe nicht erwartet, daß mitten in der Nacht jemand am Flughafen ist.« Ihr Blick verengte sich. »Du willst mir wahrscheinlich nicht erklären, woher du meine Flugnummer wußtest? Was ist überhaupt zwischen dir und Mac Devlin? Auf seiner Party habt ihr ausgesehen wie zwei Busenfreunde.«

»Ich kenne Mac kaum. Wir haben lediglich ein paar geschäftliche Verbindungen.« Jordan nahm ihren Koffer und ihre Aktentasche auf. »Mac war es auch nicht, der mir deine Ankunftszeit verraten hat. Mein Wagen steht draußen auf dem Parkplatz.«

»Aber woher wußtest du es?« Sara bemühte sich, mit ihm Schritt zu halten. »Das ging alles so schnell, ich konnte nicht einmal den Rückflug buchen, bevor ich Sedikhan erreichte.«

Jordan lächelte. »Keine Detektive. Das habe ich versprochen.«

»Jordan, so sag schon . . .« Sara blieb stehen und plötzlich zog sie die Brauen zusammen. »Warte . . . Du bist nicht zufällig auch ein Busenfreund von Alex Ben Raschid?«

»Ich kenne Alex gut. Wir haben drüben ein Hotel gebaut, und ich verbrachte ein paar Wochenenden in Alex' Palast, als ich vor sieben Monaten in Sedikhan war. Alex ist ein sehr interessanter Mann. Wie war dein Interview?«

»Wunderbar. Vielleicht das beste, das ich jemals gemacht habe. Ben Raschid hat bereitwillig alle meine

Fragen beantwortet.« Neben der dunkelblauen Limousine blieb Sara stehen und sah Jordan ins Gesicht. »Du hast es arrangiert, nicht wahr? Ich habe mich schon gewundert, als der Sekretär des Scheichs bei Mac anrief, um dieses Interview zu verabreden. Immerhin hat man es mir über ein Jahr lang verweigert. Du hast deine Beziehungen spielen lassen.«

»Wenn du nicht einen so guten Ruf hättest, würde Alex nicht in ein Interview eingewilligt haben.« Jordan schloß die Wagentür auf und verstaute das Gepäck auf dem Rücksitz. »Er erzählte mir, wie sehr er von deiner Arbeit beeindruckt ist. Wahrscheinlich hättest du dein Interview über kurz oder lang sowieso bekommen. Ich habe das Ganze nur beschleunigt.«

Sara berührte fast zaghaft seinen Arm. »Aber warum?«

Jordan versteifte sich, und sein Blick fiel auf ihre Hand auf seinem Arm. Sara folgte seinem Blick und schien jetzt erst zu bemerken, daß sie ihn berührt hatte. Und dann spürte sie auch die Wärme seiner Haut . . .

Rasch zog sie ihre Hand zurück und lächelte angestrengt. »Ich dachte, wir wären uns darüber einig – keine Geschenke mehr.«

»Das war kein Geschenk. Das war eine Wiedergutmachung.«

»Wiedergutmachung?«

Jordan nickte. »Ich habe dir neun Monate deiner Karriere gestohlen, als ich dich nach unserer Hochzeit bat, deinen Beruf aufzugeben. Und da ich dir etwas weggenommen habe, ist es nur gerecht, wenn ich dir zum Ausgleich etwas zurückgebe.«

Auf einmal wurde ihr die Kehle eng. »Alex Ben Raschid auf dem Silbertablett?«

Jordan zuckte die Achseln und grinste dann. »Ich

bezweifle, daß irgend jemand es wagen würde, Alex auf einem Tablett zu servieren, aber ich bin froh, daß ich dir helfen konnte. Margaret Thatcher muß ich dir leider allein überlassen. Ich habe die Dame nie kennengelernt.« Er half ihr beim Einsteigen, kurz darauf schlüpfte er auf den Fahrersitz neben ihr. »Lehn dich zurück und entspann dich! Wenn du einschläfst, wecke ich dich vor deiner Haustür.«

Sara schüttelte den Kopf. »Laß mich bei der Redaktion heraus. Ich muß meine Story jetzt gleich schreiben, sonst erscheint sie diese Woche nicht mehr.«

»Es ist nach drei Uhr früh. Du bist erschöpft!« Sein befehlender Ton ließ sie wieder unwillig die Brauen zusammenziehen. »Warum, um alles in der Welt, kann das nicht warten bis . . .« Als Jordan ihren Gesichtsausdruck bemerkte, brach er ab. Als er weitersprach, schien er ein ganz anderer zu sein. »Du mußt es unbedingt heute nacht noch schreiben?«

Sie nickte.

»Okay.« Er steuerte den Wagen aus der Parklücke. »Ich fahre dich zur Redaktion und warte draußen, bis du fertig bist. Dann bringe ich dich nach Hause.«

Sara seufzte. »Du bist verrückt. Es kann Stunden dauern. Fahr mich zur Zeitung, ich nehme mir dann ein Taxi zu meiner Wohnung.«

»Ich warte auf dich«, beharrte er fest. Dann sah er sie an und lächelte. »Es sei denn, du hättest etwas dagegen.«

Sie hob die Arme und lächelte. »Ich gebe mich geschlagen.«

Es klopfte laut und bestimmt an Saras Apartmenttür.

»Ich komme!« Sara griff nach der Windjacke und eilte zur Tür. »Du bist aber früh dran, Jordan!« Sie riß die Tür auf. »Ich habe erwartet . . .«

»Überraschungen sind doch immer viel interessanter.« Cam grinste und küßte sie auf die Nasenspitze. »Das solltest du doch wissen, Sara. Jordan tut selten das, was man von ihm erwartet.«

»Ich dachte, du bist nach Papeete zurückgeflogen. Jordan hat mir nichts davon erzählt, daß du immer noch hier bist.« Sara umarmte ihn herzlich. »Warum hast du nicht angerufen?«

»Jordan hat dich doch die ganze letzte Woche auf Trab gehalten. Ich dachte, ich halte mich lieber etwas zurück, damit ihr, du und Jordan, eine Gelegenheit habt, euch wieder zusammenzuraufen.« Auf einmal sah er sie ernst an. »Ich bin so froh, daß ihr wieder zusammen seid, Kleines.«

»Ich auch«, erwiderte Sara weich. »Aber es ist noch viel zu früh, irgendwelche Prognosen über unsere Beziehung aufzustellen. Im Moment können wir nur das Beste hoffen.«

»Das sagt Jordan auch.« Cams Blick glitt forschend über ihr Gesicht. »Aber die Hoffnung reicht offenbar schon aus, dich fröhlicher zu machen. Du siehst viel besser aus.«

Sara lächelte. »Ich fühle mich auch besser. Du hattest recht, Cam. Jordan hat sich verändert.« Nie hätte sie sich träumen lassen, daß Jordan so liebevoll und zurückhaltend sein konnte wie in der letzten Woche. Er hatte ihr eine völlig neue Seite seiner Persönlichkeit offenbart. Sie hatte immer gewußt, wie brillant und großartig er als

Liebhaber war, sie hätte nie auch nur zu hoffen gewagt, daß er auch ihr verständnisvoller Freund werden könnte.

»Ich bin froh, daß du das sagst.« Cams dunkle Augen leuchteten warm. »Hast du endlich einen Freund in ihm gefunden?«

»Noch nicht. Aber vielleicht schon bald, Cam.« Sara spürte, wie eine wilde Freude sie überflutete. Würde doch noch alles gut werden? Sie schlüpfte in ihre Windjacke. »Jordan muß jeden Augenblick kommen. Er will mir ein Grundstück auf der anderen Seite der Bucht zeigen, das er gekauft hat. Warum kommst du nicht mit?«

»Jordan kommt nicht. Er hat mich angerufen und mich gebeten, dich abzuholen. Er sagt, er trifft uns da draußen.«

Saras Lächeln erstarb. »Oh, wahrscheinlich hatte er zu viel zu tun, nicht wahr?« Es war unvernünftig von ihr, jederzeit Jordans ungeteilte Aufmerksamkeit zu erwarten. Immerhin verbrachte er seit ihrer Rückkehr aus Sedikhan jeden Abend mit ihr. Und trotzdem – sie war enttäuscht.

Cam zuckte die Achseln. »Keine Ahnung. Er hat irgendeinen Test erwähnt. Ich weiß nicht, wovon er geredet hat.«

»Ich aber«, erklärte Sara leise und erinnerte sich an Jordans Worte, als sie zusammen von dem Gerüst des Hochhauses nach unten gefahren waren. Er stellte sich wieder einmal selbst auf die Probe. Sie ergriff Cams Arm. »Komm, Cam. Ich habe so eine Ahnung, als würde dies ein wunderschöner Nachmittag.«

Verwirrt runzelte Cam die Stirn. »Wenn du meinst. Ich persönlich bin nicht so scharf darauf, aufs Land zu fahren. Ich bin lieber in der Stadt. Aber wenn ich schon einmal so einen Ausflug unternehme, dann schon lieber in so angenehmer Gesellschaft«, fügte er schnell hinzu.

»Spar dir deinen Charme für lohnendere Objekte auf.« Sara lachte, als sie in den Aufzug stiegen. »Ich bin nur deine Schwägerin.«

»Leider«, erwiderte Cam und stimmte in ihr Lachen ein.

Der Nachmittag verlief genauso wunderschön, wie Sara es sich erhofft hatte. Während sie über das Grundstück schritt und dabei fröhlich mit Jordan, der dort schon gewartet hatte, und Cam plauderte, fühlte sie sich unbeschreiblich glücklich. Die Sonne strahlte von einem postkartenblauen Himmel, und Sara sprudelte über vor Energie und Freude.

Wie ein neugieriges kleines Mädchen lief sie hin und her und bewunderte die herrliche Aussicht auf die Bucht und die Eukalyptusbäume an der nördlichen Grenze des Grundstücks. »Nichts duftet besser als Eukalyptus. Erinnert ihr euch an den riesigen alten Baum auf Half Moon? Wenn ich damals daran gerochen habe, dachte ich, es gibt nichts . . .« Sie brach ab, als sie bemerkte, daß die beiden Männer sie milde lächelnd ansahen. Sie schnitt ihnen eine Grimasse. »Habe ich euch jemals gesagt, wie sehr ich es hasse, väterlich behandelt zu werden?« Mit ausgebreiteten Armen drehte sie sich um sich selbst. »Aber ich lasse mir von euch australischen Känguruhs nicht die Laune verderben. Ich fühle mich einfach zu gut!«

Jordan lachte leise. »Vielleicht sind wir einfach nur neidisch. Ich habe lange nicht mehr soviel Freude am Leben gehabt.«

Sara lachte ihn an, dabei hob sie die Hand und strich sich eine seidige Haarsträhne aus der Stirn. Wie gut Jordan aussieht, stellte sie fest. Auf seinem dunklen Haar glitzerte das Sonnenlicht, und der Wind zauste sein weites, sportliches Hemd. Er stand da mit leicht gespreizten Beinen; unter seiner engen Jeans zeichneten sich seine schmalen Hüften und seine athletischen Oberschenkel ab. Er sah geradezu unverschämt männlich und so erotisch aus . . . Sara spürte, wie eine heiße Welle der Erregung in ihr aufstieg. Das Lachen erstarb ihr in der Kehle.

Jordan hatte ihre Gefühle erraten. Das erkannte sie an seinem plötzlich veränderten Gesichtsausdruck. Nervös befeuchtete Sara ihre Lippen. Sie spürte, wie sich ihre Brustwarzen unter ihrem leichten T-Shirt aufrichteten. Sie sollte den Blick abwenden, sonst würde sie schneller, als ihr lieb war, mit Jordan im Bett landen. Es war einfach noch viel zu früh! Nur – wenn ihr Verstand das genau wußte, warum gehorchte ihr Körper ihr dann nicht? Er schien ein Eigenleben zu führen und nur darauf zu warten, sich endlich wieder mit dem vom Jordan zu vereinigen.

Jordan sah als erster beiseite. Er drehte sich um und blickte über die Bucht. »Wir fahren besser zurück.« Seine Worte klangen gepreßt, seine Haltung wirkte angespannt. »Du bringst sie nach Hause, Cam.« Damit ging er über die Wiese auf die Limousine zu, die an der Straße stand.

Glück. Sara empfand wildes, unbeschreibliches Glück! Jordan hatte ihre Verletzlichkeit, ihre Schwäche erkannt und keinerlei Anstalten unternommen, einen Vorteil daraus zu ziehen. Keine Manipulationen, keine Verführung. Nur Offenheit, Zurückhaltung, Vertrauen.

»Warte.« Saras Stimme bebte. »Warte, Jordan.«

Er blieb stehen. drehte sich aber nicht um. Sara war sich seiner großen Anspannung bewußt. »Ja?«

»Ich möchte eine Party feiern. Du hast meine Freunde aus San Francisco noch nicht kennengelernt, und ich würde mich freuen, wenn ich dir einige von ihnen vorstellen könnte. Warum kommst du nicht mit Cam heute abend zu mir? Wir öffnen ein paar Flaschen Wein und . . .«

»Heute abend nicht.«

»Hast du zu tun?« Sara konnte ihre Enttäuschung nicht verbergen. »Ich weiß, wie kurzfristig meine Einladung ist, aber . . .«

Jordan brummte irgend etwas vor sich hin. »Also gut, ich komme.« Dann eilte er weiter in die Richtung, wo sein Wagen stand.

»Ich wollte ihn nicht in irgendwelche Schwierigkeiten bringen«, murmelte Sara. »Ich wollte doch nur . . .«

»Das weiß er.« Cam sah seinem Bruder mit wissendem Blick hinterher. »Die letzten Tage waren nicht leicht für Jordan. In kurzer Zeit hat er eine große Entwicklung gemacht. Kleine Rückschritte sind da nur allzu verständlich. Erwarte nicht zuviel von ihm, Sara!«

»Ich möchte doch nur, daß er zu meiner Party kommt. Das ist doch keine große Sache.«

Cam nahm ihren Arm und führte sie zu seinem Wagen, den er gleich hinter Jordans Limousine geparkt hatte. »Vielleicht siehst du die Dinge in einem anderen Licht, noch bevor dieser Abend vorbei ist.« Auf einmal zwinkerte er ihr zu. »Und da du soviel Wert auf meine Gesellschaft zu legen scheinst – ich komme gern zu deiner Party.«

»O Cam, es tut mir leid. Ich wäre furchtbar enttäuscht, wenn du abgesagt hättest. Es ist nur wegen Jordan . . .«

»Schon gut. Ich weiß Bescheid.« Cam warf ihr einen Seitenblick zu. »Aber wenn du dich wirklich um mein Wohlbefinden sorgst, dann lade doch bitte ein paar deiner hübschesten Freundinnen für mich ein.«

»Abgemacht.« Sara grinste. »Groß und blond?«

»Egal. Ich bin leicht zufriedenzustellen.«

Sara rümpfte die Nase. »Da habe ich aber andere Informationen. Mal sehen, ob ich in ganz San Francisco eine Frau finde, die deinen Ruf noch nicht kennt.«

»Ich bin erst eine Woche in der Stadt. Wie kann ich mir in der kurzen Zeit einen Namen gemacht haben?«

Sara zuckte übermütig die Schultern. Allmählich kehrte ihre gute Stimmung zurück. Und auch ihr Optimismus. Sie beschleunigte ihre Schritte. »Komm, es wird Zeit. Ich muß die Leute anrufen und noch zum Feinkosthändler gehen, um ein paar Kleinigkeiten einzukaufen. Sie legte den Kopf schief und sah Cam an. »Vielleicht könntest du das aber auch für mich erledigen, Cam. Dann könnte ich inzwischen den Wein kaufen.«

»Vom Don Juan zum Laufburschen degradiert; eine wundervolle Karriere.« Cam hob die Hand, als Sara ihre Bitte bereits zurücknehmen wollte. »Ich scherze doch nur. Ich bin froh, wenn ich dir helfen kann. Es wird bestimmt ein netter Abend.«

»Er ist nicht übel«, stellte Penny fest und warf einen Blick auf Jordan, der aufmerksam Rhonda Schwartz zuhörte, die gerade mit ausladender Geste ihre neue Skulptur beschrieb. »Mit seinem Charme bringt er es fertig, jede Frau hier um den kleinen Finger zu wickeln.«

»Gib's zu, dich auch«, neckte Sara sie. »Er gefällt dir doch, oder?«

»Er ist nicht übel.« Als Penny Saras amüsiertem Blick begegnete, seufzte sie. »Also gut, ich finde ihn faszinierend, intelligent und charmant. Bist du nun zufrieden?«

Sara schüttelte den Kopf und wurde plötzlich ernst. »Ich möchte, daß du ihn magst.«

»Einen Vulkan mag man nicht«, entgegnete Penny trocken. »Man bewundert seine Schönheit, respektiert seine Kraft und fürchtet seinen Ausbruch. Aber man nimmt ihn nicht mit nach Hause und versucht, ihn zu zähmen.« Ihre Miene wurde sanft. »Außer, man heißt Sara O'Rourke.«

»Er hat sich geändert«, erklärte Sara. »Er ist viel offener und freier als früher.«

»Weißt du genau, daß du nicht nur das wahrnimmst, was du sehen möchtest?«

Für einen Augenblick fühlte sich Sara verunsichert. Dann, als sie Jordan anblickte, verschwand dieses Gefühl. »Nein, er hat sich wirklich geändert. Früher hat Jordan Parties gehaßt. Er hat sie wie die Pest gemieden. Jetzt sieh ihn dir an: Er scheint sich großartig zu amüsieren.«

»Tatsächlich?« Penny stellte ihr Weinglas auf den Tisch. »Nun, er erweckt immerhin den Eindruck. Wenn er nicht gerade damit beschäftigt ist, dich zu beobachten, meine ich. So, ich muß gehen, ich fliege morgen früh nach Los Angeles«, wechselte sie dann das Thema.

»Wenn er mich beobachtet?« Sara hob die Brauen. »Er beobachtet mich doch nicht.«

»Vielleicht nicht so offensichtlich.« Penny lächelte schief. »Aber ich gehe jede Wette ein, daß er genau weiß, wann du dich wo in diesem Raum heute abend aufgehalten hast. Jetzt sei so lieb und bring mich noch zum Lift! Ich möchte dir von dem Preis erzählen, den Kelly O'Brian für das Foto in unserer letzten Ausgabe gewonnen hat.«

»Die Aufnahme von dem Wal? Sie war einfach großartig. Nur Kelly konnte die Verwundbarkeit und die Stärke auf dem Bild festhalten.« Sara folgte Penny über den Flur zum Aufzug. »Es war überwältigend!«

»Ja, der Meinung bin ich auch.« Penny trat in den Lift. »Gute Nacht, Sara. Die Party war nett.« Sie drückte auf den Knopf, und der große, offene Lift setzte sich rumpelnd in Bewegung. »Aber hüte dich vor dem Vulkan. Ich möchte nicht, daß dir etwas passiert, wenn er ausbricht.«

Sara lachte. »Aber Penny . . .« Sie schloß die Aufzugtür und sah dem Lift nach, der ihre Freundin nach unten brachte. Ihr Lächeln erstarb, und sie fühlte sich auf einmal unbehaglich. Sie vertraute Pennys Urteil – aber diesmal irrte sich ihre Freundin, oder nicht? Doch! Penny war Jordan gegenüber einfach zu mißtrauisch. Kein Wunder, nach all dem, was sie ihr über ihn erzählt hatte.

Aus ihrem Apartment erklang lautes Gelächter, und Sara kehrte zu ihren Gästen zurück. Um ihre Lippen spielte ein nachsichtiges Lächeln. Nein, diesmal lag Penny mit ihrer vielgepriesenen Menschenkenntnis daneben.

Zwei Stunden später schloß Sara die Wohnungstür hinter dem letzten Gast und wandte sich zufrieden seufzend Jordan zu. »Es war lustig, nicht wahr? Ich liebe Parties!« Sie fing an, Gläser und Teller zusammenzuräumen. »Du liebe Güte, hier sieht's aus, als hätte eine Bombe eingeschlagen! Ich habe beobachtet, wie du dich mit Raymond Vardeck unterhalten hast. Hat er versucht, dir eins seiner Bilder anzudrehen? Der arme Kerl sucht seit zwei Jahren einen reichen Mäzen. Er haßt sein Leben als halbverhungerter Künstler.«

»Warum malt er dann?« Jordan nahm zwei Gläser und eine Platte und folgte Sara in die Küche.

»Oh, das Malen macht ihm Spaß. Und er ist wirklich gut. Hier, das ist von ihm.« Im Vorübergehen wies Sara auf das Bild über ihrer Couch. »Ich habe ihn dafür vier Mal zum Essen eingeladen. Es heißt ›Die Chrysanthemen‹.«

Jordan betrachtete die gelben und roten Farbkleckse auf dem weißen Hintergrund skeptisch. »Ich denke, ein Essen wäre genug gewesen.«

»Du bist zu kritisch. Mir gefällt es. Das Bild ist hell und fröhlich.« Sie nahm ihm das Geschirr ab. »Wenn ich es ansehe, bin ich gleich besser gelaunt.«

Jordan lächelte. »Dann ist es wirklich ein Meisterwerk.« Er sah sie plötzlich forschend an. »Warum hast du dich um Vardeck gekümmert? Es ging dir doch nicht um dieses ›Kunstwerk‹!«

»Er tat mir leid. Es ist heutzutage nicht leicht, Künstler zu sein.« Sara fing an, die Spülmaschine einzuräumen. »Und ihm hat mein Essen geschmeckt. Das beweist zumindest einen guten Geschmack. Wenn er nicht gerade über sein Leben jammert, kann Raymond sehr nett sein.«

»Und die anderen? Sind das auch alles bemitleidenswerte Geschöpfe, die du irgendwann einmal zum Essen eingeladen hast?«

»Nein. Ich mag die Leute«, erwiderte Sara schlicht.

»Und die meisten von ihnen finde ich interessant genug, eine Freundschaft zu ihnen zu pflegen.«

»Und die Leute mögen dich.« Jordans Blick glitt über ihr Gesicht. »Den ganzen Abend warst du umringt. Irgend jemand hat immer mit dir geplaudert.« Er sah beiseite. »Hat dich berührt . . .«

Vorsichtig stellte Sara ein Glas in den Geschirrspüler. »Penny hält dich für brillant.«

»Ich mag deine Freundin Penny, aber ich glaube nicht, daß das auf Gegenseitigkeit beruht.«

Sara füllte Spülmittel in die Maschine. »Penny ist nur ein wenig um mich besorgt.«

Jordan nickte. »Sie liebt dich. Ich kann es ihr nicht verübeln, wenn sie mir mißtraut.«

Sara blickte auf. »Nein?«

»Sie ist intelligent genug, eine Menge mitzubekommen, was anderen entgeht. Was hat sie dir gesagt?«

Ihr Gesicht hellte sich belustigt auf. »Sie nannte dich einen Vulkan.«

Jordan lachte. »Ich bin Schlimmeres gewöhnt. Hat sie auch eine Prognose gewagt, wann ich wohl ausbreche?«

»Dazu hat sie sich nicht geäußert. Ich habe ihr aber versichert, daß sie sich keine Sorgen machen muß.«

»Nein?« Jordan hielt mitten in der Bewegung inne.

»Ich habe ihr erzählt, daß du dich geändert hast.« Sara brach ab. »Daß ich dir vertrauen kann.«

Jordan sah aus, als hätte sie ihm einen Schlag versetzt. »Wie . . . großzügig von dir. Ich dachte, es würde viel länger dauern, bis ich dich davon überzeugt hätte.« Plötzlich lag ein harter Zug um seine Lippen. »Aber du bist schon immer so vertrauensselig gewesen. Das hat es mir leicht gemacht, dich zu manipulieren – damals. Ich dachte, du hättest gelernt, wie gefährlich es ist, so leicht zu vertrauen, Sara.«

Verwirrt starrte sie ihn an. »Aber du hast mich doch gebeten, dir zu vertrauen. Und du hast dich wirklich geändert, Jordan. Das spüre ich.«

Ein Muskel zuckte in seiner Wange. »Ich muß weg hier. Ich rufe dich morgen an.« Mit großen Schritten eilte er zur Tür.

»Was ist los?« Sara blickte ihm verwundert nach. »Jordan, habe ich irgendwas gesagt . . .«

»Nein.« Er öffnete die Tür und drehte sich noch einmal zu ihr um. Sara zog scharf den Atem ein. Sein Gesicht sah verzerrt und gequält aus. »Ich versuch's. Wirklich. Aber ich bin noch nicht am Ziel. Vertrau mir nicht zu sehr!« Plötzlich klang seine Stimme hart. »Mir gefallen deine Freunde, Sara, aber es macht mich verrückt, dich mit ihnen zu sehen. Ich will nicht, daß du mit ihnen lachst! Du sollst dich nur mit mir amüsieren! Es bringt mich um den Verstand, wenn du . . .« Jordan holte tief Luft. »Aber du bist eine Frau, die immer Freunde haben wird, die mit ihr lachen, sie berühren . . .« Wieder unterbrach er sich. »Ich gewöhne mich besser daran.«

Bevor sie irgend etwas sagen konnte, hatte er die Tür hinter sich geschlossen. Kurz darauf hörte Sara das Rumpeln des Aufzugs. Sie stand bewegungslos da und ließ Jordans Worte auf sich einwirken. Auf einmal lächelte sie. Er hatte sie davor gewarnt, ihm allzu leichtfertig zu vertrauen. Das bestärkte sie nur noch in ihrer positiven Meinung über ihn.

Leise vor sich hinsummend stellte sie die Spülmaschine an.

In seiner Hotelsuite angekommen fand Jordan eine Nachricht von der Rezeption vor. Pedro Marambas bat dringend um Rückruf.

Schon beim ersten Läuten hob Marambas den Hörer ab. »Kemp ist der Polizei entwischt.«

Jordan umklammerte den Hörer so fest, daß seine Knöchel weiß hervortraten. »Wann?«

»Ich bin nicht sicher. Irgendwann heute abend.«

»Sie und die New Yorker Polizei hatten ihn unter Beobachtung. Wie konnte er da entkommen?«

Marambas schwieg einen Augenblick. »Ich will mich nicht rausreden. Offenbar haben meine Leute geschlafen. Und die New Yorker Polizei auch. Aber daß wir Kemp aus den Augen verloren haben, bedeutet nicht, daß er unterwegs nach Kalifornien ist.«

»Es bedeutet auch nicht, daß er sich noch in New York aufhält«, erwiderte Jordan grimmig. »Sind die Behörden von San Francisco schon verständigt?«

»Ich glaube, ja.«

»Glauben Sie nicht! Vergewissern Sie sich!« stieß Jordan zwischen zusammengebissenen Zähnen hervor. »Und ich möchte, daß Sie das Lagerhaus heute nacht wieder überwachen.«

»Dafür habe ich schon gesorgt. Wir lassen nicht zu, daß Mrs. Bandor etwas passiert, Sir.«

»Sie haben mir auch versichert, daß Sie Kemp nicht aus den Augen lassen.«

»Ich weiß auch nicht, wie er entwischen konnte. Meine Leute haben eng mit der New Yorker Polizei zusammengearbeitet. Wir sind verdammt gut, Mr. Bandor, und . . .«

»Das dachte ich auch, als ich mich an Ihre Detektei wandte.« Jordans Ton war beißend. »Sie tun besser etwas für Ihren guten Ruf, sonst verbreite ich von hier bis Hongkong, wie unfähig Sie und ihre Leute sind. Ich will nicht, daß meine Frau sich vor Kemp fürchten muß. Ist das klar?«

»Ich verstehe Ihre Aufregung, aber . . .«

»Nein, das verstehen Sie nicht! Ihre Vorstellungskraft reicht nicht aus, Marambas, sich auszumalen, wie aufgeregt ich bin!« Oder in Panik, dachte Jordan verzweifelt. Die Angst kroch ihm eiskalt in die Glieder, so daß er sie fast körperlich empfand. »Halten Sie mich auf dem laufenden.« Damit legte er den Hörer auf.

Kemp. Jordan hatte ein Foto von ihm in der Zeitung gesehen und sich gewundert, wie normal der Mann aussah. Leute, die Frauen ermordeten, sollte man erkennen können . . . Kemp hatte aber einfach nur nichtssagend ausgesehen.

»Großer Gott«, murmelte Jordan. »Er darf Sara nicht weh tun.« Aber was er durfte, und was nicht, danach würde Kemp wohl kaum fragen.

Abrupt wandte sich Jordan vom Telefon ab und ließ sich schwer in den Schreibtischstuhl fallen. Er konnte nicht zulassen, daß Kemp Sara irgend etwas zuleide tat. Er mußte sie beschützen, gleichgültig, was sie davon hielt.

4

»Du mußt hier raus.« An Sara vorbei betrat Jordan das Apartment. »Ich habe nur noch einen Flug nach Sydney morgen früh um zehn buchen können. Bis dahin bringen wir dich in meine Suite im Fairmont! Wo sind deine Koffer? Ich helfe dir packen.« Er eilte zu ihrem Schlafzimmer. »Kemp ist der New Yorker Polizei entwischt. Vielleicht ist er schon auf dem Weg hierher.«

»Ich weiß«, bemerkte Sara knapp.

Jordan fuhr herum. »Und dann bist du noch so ruhig? Hat die örtliche Polizei dich angerufen?«

Sie nickte. »Vor ein paar Stunden rief mich Lieutenant Blaise an. Ich brauche dich wohl nicht zu fragen, woher du Bescheid weißt. Deine tüchtigen Detektive, nicht wahr?« Sie lächelte trocken. »Lieutenant Blaise war sehr freundlich und hat sich dafür entschuldigt, daß er mich geweckt hat. Danach konnte ich sowieso nicht mehr schlafen.«

»Das sehe ich.« Jordans Blick glitt über ihr blasses Gesicht. Auf einmal empfand er eine überwältigende Zärtlichkeit. »Keine Angst, ich lasse nicht zu, daß dir etwas zustößt.« Er wandte sich ab. »Du brauchst nicht zu packen. Ich schicke jemanden, der deine Sachen später abholt. Nimm gerade nur soviel mit . . .«

»Nein, Jordan.«

Über die Schulter hinweg blickte er zurück. »Um Himmels willen, das hat doch nichts mit uns beiden zu tun«, erklärte er barsch. »Du sollst doch nicht zu mir ziehen! Jedenfalls nicht als meine Geliebte. Ich will dich nur davor bewahren, daß dir jemand die Kehle durchschneidet. Wenn Kemp gefaßt ist, kehrst du wieder in deine Wohnung zurück! Komm jetzt!«

»Ich kann nicht«, entgegnete Sara mit schwacher Stimme. »So gern ich es auch möchte – es geht nicht. Nicht jetzt.«

Ungläubig starrte er sie an. »Aber es muß sein. Du mußt hier weg. Dieses Haus ist eine offene Einladung für Kemp.«

»Deshalb bin ich hier eingezogen.«

Jordan erstarrte. »Entschuldige, ich glaube, ich habe dich nicht richtig verstanden.«

»Der Polizei ist es nicht gelungen, neues Beweismaterial zusammenzutragen, um Kemp endgültig zu überführen. Es gab nur eine Chance.« Sara hob hilflos die Hände. »Kemps psychologisches Persönlichkeitsprofil hat ergeben, daß er einen neuen Versuch unternehmen wird, deshalb hat man mich gebeten, hier einzuziehen. Die einzige Möglichkeit, ihm beizukommen, scheint zu sein, ihn auf frischer Tat zu ertappen. Es gibt keine andere Lösung.«

»Du willst den Lockvogel spielen?« entfuhr es Jordan. »Du läßt dich als Köder benutzen?«

»Es ist die einzige Möglichkeit, ihm das Handwerk zu legen. Es ist nur eine Frage der Zeit, wann er wieder tötet. Dieser Mann ist wie eine Zeitbombe, die irgendwann hochgeht.« Sara erschauerte. »Während ich diese Story über ihn schrieb, habe ich seine Persönlichkeit studiert. Ich weiß, wie Kemp ist.«

»Und du willst mit draufgehen, wenn diese Zeitbombe explodiert?«

»So wird es nicht sein.« Sara schüttelte den Kopf. »Lieutenant Blaise ist sehr tüchtig. Er hat mir versichert . . .«

»Erzähl mir doch nichts von Tüchtigkeit!« unterbrach Jordan sie wütend. »Kemp ist ihnen doch durchs Netz geschlüpft!« Auf einmal hielt er inne, dann verdüsterte sich seine Miene. »Sie haben ihn entwischen lassen. Diese Idioten haben ihm absichtlich den Rücken zugekehrt und haben ihn laufen lassen.«

Sara nickte. »Sie haben den psychologisch günstigsten Zeitpunkt abgewartet. Kemps Frustration hat sich ständig gesteigert . .. «

»Das klingt alles so verdammt logisch und vernünftig«, höhnte Jordan. »Dein Lieutenant Blaise hat an alles gedacht, nicht wahr? Wenn Kemp hierher kommt und es ihnen gelingt, ihn zu schnappen, bevor er dich getötet hat, klagt man ihn wegen versuchten Mordes an. Und wenn er dich umbringt, steht ihm eine härtere Anklage bevor. Die Gerechtigkeit siegt in jedem Fall, und alle können sich auf die Schulter klopfen. *World Report* wird wahrscheinlich überglücklich über die Exklusiv-Story sein, unabhängig davon, ob diejenige, die sie am packendsten schreiben könnte, noch am Leben ist oder nicht.«

»Jordan, du siehst das alles falsch. Niemand zwingt mich dazu. Ich habe mich aus freien Stücken zur Verfügung gestellt.« Sie verzog das Gesicht. »Penny und Mac würde der Schlag treffen, wenn sie wüßten, wie ich in die ganze Sache verwickelt bin.«

»Dann geh und erklär der Polizei, daß du deine Meinung geändert hast! Sag ihnen, daß du ihr kleines Katz- und Maus-Spiel nicht länger mitspielst!« Jordan trat einen Schritt näher. »Sag's ihnen!«

Sara schüttelte den Kopf. »Kemp hat vier Frauen getötet, Jordan. Vielleicht noch mehr, und wir wissen es nur noch nicht. Ich kann nicht zulassen, daß er noch mehr Menschen umbringt.«

»Aber dafür bist du doch nicht verantwortlich. Die Polizei muß . . .« Jordan unterbrach sich. Seine Miene verriet Entschlossenheit. »Okay, laß dich benutzen, aber nicht so. Zieh in meine Suite im Fairmont. Mach es Kemp nicht so leicht. Und laß mich da sein, um dich zu beschützen.«

»Damit du dich in Gefahr begibst? Nein, damit könnte ich nicht leben, Jordan.«

»Du bist vielleicht auch nicht mehr lange am Leben, wenn du . . .« Die Panik stieg wieder in Jordan hoch, und er mußte sich mit aller Kraft unter Kontrolle bringen. »Hör auf, so verdammt tapfer zu sein! Laß mich dir doch helfen!«

»Ich bin nicht tapfer.« Sara flüsterte fast. »Ich fürchte mich zu Tode. Vier lange Wochen hindurch habe ich Kemps Gesicht im Gerichtssaal beobachten können. Er ist wahnsinnig, Jordan.«

»Dann verhält er sich womöglich ganz anders, als diese netten logischen Polizisten es sich vorstellen. Wie können sie dich beschützen, wenn sie keine Ahnung davon haben, wie er zuschlagen wird?«

Sara befeuchtete ihre trockenen Lippen mit der Zunge. »Bitte, Jordan, ich habe auch so genug Angst. Und ich werde diese Sache durchstehen!«

»Sara, du kannst doch nicht . . .« Jordan schwieg. Es war sinnlos. Er konnte sagen, was er wollte, sie würde ihre Meinung nicht ändern. »Sag mir, was ich tun kann, um wenigstens das Schlimmste zu verhindern.«

»Du kannst nichts tun. Halt dich raus und überlaß die Angelegenheit der Polizei!« Sie sah ihm fest in die

Augen. »Ich will nicht, daß du in den nächsten Tagen hierher kommst.«

Jordan starrte sie eine Weile stumm an. »Ich weiß nicht, ob ich das kann, Sara. Das ist alles so verrückt.«

»Manchmal ist das Leben eben so. Verrückt und gefährlich und . . .« Sie zog bebend den Atem ein und zwang sich zu lächeln. »Ich glaube, du gehst jetzt besser. In einer Viertelstunde kommt Lieutenant Blaise, damit wir die Einzelheiten besprechen.«

»Ich bleibe und rede mit dem Bastard!«

»Nein!« entgegnete Sara scharf. »Du wirst nichts dergleichen tun! Das ist allein meine Angelegenheit.«

»Du kannst mich nicht hindern! Ich . . .« Als er ihren wachsamen Gesichtsausdruck sah, brach Jordan ab. Seit diesem ersten Abend hatte sie ihn nicht mehr so angesehen. Wieder bedrängte er sie und zerstörte das Vertrauen, das er so sorgfältig aufgebaut hatte. Warum mußte diese Krise so schnell kommen? Eine falsche Entscheidung, und alles, was er zwischen ihnen aufgebaut hatte, wäre zunichte gemacht. Jordans Stimme klang heiser. »Sieh mal, Sara, so geht das nicht. Ich kann den Gedanken nicht ertragen, daß Kemp dich verletzen könnte.«

»Du mußt dich damit abfinden, daß ich alt genug bin, für mich selbst zu entscheiden«, gab sie ruhig zurück. Und wenn du mir wirklich helfen willst, gehst du jetzt besser.«

Eine Zeitlang blieb er stehen und sah sie schweigend an, dann wandte er sich ab und eilte zur Tür. »Natürlich will ich dir helfen. Was denn sonst.« Er öffnete die Tür und warf über die Schulter hinweg einen Blick zurück. »Nichts auf der ganzen Welt ist mir wichtiger als du, Sara! Nichts!«

Dann schlug er die Wohnungstür hinter sich zu.

Sara sank auf die Couch und schlang die Arme um ihren Oberkörper. Auf einmal fröstelte sie. Sie fühlte sich hilflos und allein, jetzt, da Jordan sie verlassen hatte. Wie gern hätte sie ihn gebeten zu bleiben. Die Versuchung, sich in seine Arme zu werfen und sich von ihm beschützen zu lassen, war einfach überwältigend gewesen. Aber der Versuchung nachzugeben hätte bedeutet, ihn auch in Gefahr zu bringen. Allein der Gedanke erfüllte sie mit Entsetzen – mehr als die Vorstellung, Kemp vielleicht allein gegenüber stehen zu müssen. Lange saß sie da und grübelte nach. Ein Klopfen an der Tür riß Sara schließlich aus ihren Gedanken. Das wird Lieutenant Blaise sein, überlegte Sara benommen. Bevor sie die Tür öffnete, würde sie ihn bitten, etwas zu sagen. Nur er besaß einen Schlüssel für den Aufzug, so konnte es niemand anderer sein, aber er hatte ihr geraten, die Tür nicht eher zu öffnen, als daß sie sich vergewissert hatte, wer auf der anderen Seite stand. Sara erhob sich von der Couch und ging mit schnellen Schritten zur Wohnungstür.

»Marambas hat wieder angerufen«, erklärte Cam, sobald Jordan die Suite betrat. »Ich soll dir ausrichten, daß er mit seinem Informanten im New Yorker Polizeipräsidium gesprochen hat und daß irgend etwas mit den Leuten faul ist, die Kemp beschattet haben. Es sieht aus, als hätten sie unsere Leute absichtlich bei der Arbeit gestört und . . .«

»Das spielt jetzt keine Rolle mehr.« Jordan warf sich in einen Sessel. »Was hat er noch gesagt?«

»Du weißt das schon?«

»Es war alles ein abgekartetes Spiel.« Jordans Lippen wurden schmal. »Und Sara ist das Opferlamm. Ein sehr williges Lamm!«

»Kein Wunder, daß du so verstört aussiehst.«

»Du untertreibst! Was hat Marambas noch gesagt? Ist Kemp schon in San Francisco?«

Cam schüttelte den Kopf. »Er wird frühestens in achtundvierzig Stunden hier auftauchen. Offenbar ist er knapp bei Kasse, denn er hat ein Busticket von New York nach San Francisco gekauft, anstatt einen Flug zu buchen. Er wird übermorgen um drei Uhr nachmittags an der Greyhound Station erwartet. Marambas läßt dir ausrichten, daß seine Männer nach St. Louis geflogen sind und da in Kemps Bus einsteigen.«

Achtundvierzig Stunden, dann ist Kemp in San Francisco, dachte Jordan. Wenn es ein kleines Fünkchen Hoffnung gegeben hatte, daß Kemp seine Drohung nicht wahrmachte, so war das jetzt geschwunden.

»Was hast du vor?« fragte Cam ruhig. »Kannst du Sara nicht dazu überreden, diese verdammte Stadt zu verlassen?«

»Nein.« Jordan ballte die Fäuste. »Sie will, daß Kemp endlich hinter Gitter gebracht werden kann. Und sie läßt mich nicht einmal bei ihr bleiben und ihr helfen.« Mit zitternden Händen bedeckte er seine Augen. »Großer Gott, ich habe solche Angst!«

»Die Polizei wird sie beschützen. Du mußt ihr vertrauen.«

Jordan ließ die Hände sinken. »Das sagt sich so leicht! Würdest du untätig zusehen, wenn man deine Frau als Lockvogel benutzt?«

Cam zögerte. »Nein, ich denke, das würde ich nicht.« Er hielt einen Moment inne. »Aber was kannst du tun?«

»Nun, ich bin mir mittlerweile sicher, daß ich nicht tatenlos zusehen werde.« Jordan stand auf und eilte zur Tür. »Ich fahre zurück zu Saras Wohnung und bleibe da, bis man Kemp gefangen hat.«

»Aber du hast doch gesagt, daß sie es nicht zuläßt, daß du bleibst.«

»Ich werde schon einen Weg finden.«

Cam sah ihn aufmerksam an. »Sei vorsichtig, Jordan! Setz um Himmels willen nicht wieder alles aufs Spiel. Es ist womöglich viel zu früh . . .«

»Glaubst du, ich weiß das nicht?« Jordan hatte schon die Hand auf der Türklinke. »Aber besser, ich verliere Sara, als daß Sara ihr Leben verliert.«

»Jordan . . .« Cam zögerte. Was konnte er noch sagen? An Jordans Stelle würde er wahrscheinlich genauso handeln. »Wenn ich dir helfen kann, laß es mich wissen!«

»Bleib bitte hier, falls Marambas noch einmal anruft. Und sag mir sofort Bescheid, wenn es etwas Neues über Kemp gibt.«

»Ich rühre mich nicht von der Stelle, bis du wieder zurück bist«, versprach Cam. »Du bist die ganze Nacht in Saras Nähe?«

»Ja.« Jordans Stimme klang fest. »Ich bin die ganze Nacht in Saras Nähe.«

»Hier, nimm mir die Tüte ab. Sonst fällt mir noch alles hin.« Jordan drückte Sara eine große Papiertüte in die Hand und betrat hinter ihr das Apartment. »Draußen regnet es in Strömen. Ich bin froh, daß mir die Tüten nicht schon auf dem Parkplatz des Supermarktes durchweicht worden sind.«

Schnell unterdrückte Sara ihre Freude und unaussprechliche Erleichterung, die sie empfunden hatte, als sich Jordan gemeldet hatte, und nicht Lieutenant Blaise. Es tat gut, ihn zu sehen. »Was willst du hier? Ich habe dir doch gesagt . . .«

». . . daß ich nicht mehr herkommen soll, solange Kemp sich hier herumtreibt.« Jordan lächelte ihr beschwichtigend zu. »Aber Lieutenant Blaise hat dir sicher erzählt, daß du dich in den nächsten achtundvierzig Stunden nicht vor Kemp zu fürchten brauchst. Warum sollte ich da allein zu Abend essen? Es gibt keinen Grund, warum du mir nicht Gesellschaft leisten solltest.« Er setzte zwei Tüten auf dem Küchentisch ab. »Oder warum ich dir nicht Gesellschaft leisten dürfte. Für einen Restaurant-Besuch regnet es zu stark. Wir beide wären schon bald bis auf die Haut naß.«

Damit zog Jordan seinen nassen Sweater aus und warf ihn über einen Küchenstuhl. Das weiße Hemd, das er darunter trug, klebte ihm vor Nässe auf der Haut. Sara konnte die dunklen Haare auf seiner Brust durchschimmern sehen und spürte, wie sich ihre Brüste unter dem T-Shirt spannten.

Sie zwang sich, den Blick von Jordans Oberkörper abzuwenden und blickte ihm statt dessen ins Gesicht. »Ich halte das nicht für eine besonders gute Idee.«

»Du mußt etwas essen.« Jordan fing an, die Lebensmittel auszupacken. »Natürlich könntest du einen der Polizisten losschicken, dir einen Hamburger zu holen, aber da würde der arme Mann nur unnötig naß.« Er lächelte sie an. Sein dunkles Haar war feucht und zerzaust. Mit seinen funkelnden Augen sah er wie ein Abenteurer aus, und Sara spürte, wie sie eine tiefe Zärtlichkeit überkam. »Hast du keinen Appetit auf so etwas?« Er wühlte in einer Tüte und hielt ihr triumphierend zwei riesige, in Cellophan verpackte Steaks entgegen. »Habe ich dir jemals erzählt, wie gut ich kochen kann? Ich brauche nur ein paar Kräuter und Gewürze, schon zaubere ich dir die leckersten Sachen!«

»Du kannst kochen?« Verblüfft trat Sara näher zu ihm heran. »Du weißt ganz genau, daß du mir das nie erzählt hast! Du kennst mich so gut, und ich dich überhaupt nicht.« Sie setzte sich auf einen Stuhl und sah Jordan neugierig an. »Hast du eigentlich lange im australischen Busch gelebt?«

Jordan betrachtete die Steaks in seinen Händen. »Ziemlich lange. Wir haben nicht immer in Half Moon Bay gewohnt.« Er packte das Fleisch aus und stellte den Grill an. »Bis ich dreizehn war, lebten wir zweihundert Meilen nördlich von Adelaide. Um unser Einkommen aufzubessern, unternahmen mein Vater und ich Exkursionen mit Touristen in den Busch.« Er verzog das Gesicht. »Wie ich das gehaßt habe! Am liebsten wäre ich zu Hause geblieben und hätte nur auf Bandora geschuftet.«

Noch nie hatte ihr Jordan etwas über seine Kindheit erzählt, und Sara wagte kaum zu sprechen, aus Angst, er würde sich wieder von ihr zurückziehen. »Hieß eure Farm Bandora?«

Jordan nickte, während er weiter die Tüten auspackte. »Mein Vater meinte, wir würden Bandora so groß aufbauen, daß man es in Liedern erwähnen würde. Wie sehr hat er sein Land geliebt!«

»Und du auch«, murmelte Sara und sah ihn an.

Plötzlich verzogen sich seine Lippen zu einem bitteren Lächeln. »O ja, ich habe unseren Besitz geliebt. Vielleicht noch mehr als mein Vater. Bandora war unser ganzer

Lebensinhalt.« Er zerknüllte die leere Tüte und warf sie in den Abfalleimer. »Niemand von uns dachte jemals an etwas anderes als an die Farm.«

Sara war auf einmal ganz aufgeregt. Sie kam ihm näher als jemals zuvor. In den letzten Minuten hatte er ihr mehr über sich und seine Vergangenheit enthüllt als während der ganzen Zeit ihrer Ehe. Wenn sie geduldig blieb, würde er ihr vielleicht den Schlüssel zum Verständis seines fast schon als Sucht zu bezeichnenden Bedürfnisses geben, das, was er besaß, unnachgiebig festzuhalten. »Hat Cam auch in Bandora gelebt?« fragte sie leise.

»Nicht während der harten Jahre. Als mein Vater seine Mutter geheiratet hat, war das Gröbste überstanden.« Er blickte auf. »Wo finde ich Gewürze?«

»Da oben.« Sie wies auf den Schrank über der Spüle. »Cam ist dein Stiefbruder? Warum hast du mir das nie erzählt?«

»Das war nicht wichtig. Cam steht mir so nahe wie ein richtiger Bruder. Mein Vater hat ihn auch ganz legal adoptiert.«

Aber es ist wichtig! Alles, was du mir über dich erzählst, ist wichtig, weil es dazu beiträgt, dich besser zu verstehen; zu begreifen, warum du die Schutzwälle um dich herum aufgebaut hast und keinen an dich heranlassen willst, schrie alles in Sara. »Wann bist du nach Half Moon Bay gezogen?« fragte sie jedoch nur.

»Warum sprechen wir nicht später darüber?« Über die Schulter hinweg grinste er sie jungenhaft an. »Um meinem guten Ruf gerecht zu werden, muß ich mich jetzt aufs Kochen konzentrieren. Du sollst das beste Steak deines Lebens essen.« Er warf einen Blick in den Schrank. »Mal sehen, was du alles zu bieten hast.«

Auf einmal stellte Sara besorgt fest, daß auch seine Jeans völlig durchnäßt war. Wenn er weiter in den nassen Sachen hier herumstand, würde er sich noch erkälten. »Warum machst du dir Gedanken wegen dieser dummen Steaks, wenn du selbst dir dabei eine Lungenentzündung holst?« Sie stellte endlich die Tüte ab, die er ihr an der Tür gegeben und die sie die ganze Zeit über im Arm gehalten hatte, und stand von ihrem Stuhl auf. »Ich lege die Steaks auf den Grill, während du dich im Bad erst mal abtrocknest und dir die Haare fönst. Dann kannst du ein Feuer im Kamin anzünden und deine nassen Sachen trocknen.«

»So naß bin ich gar nicht. Ich warte bis . . .«

»Geh!« befahl sie und nahm ihm die Steaks aus der Hand. »Sofort!«

Ein leichtes Lächeln umspielte seine Lippen. »Zu Befehl, Ma'am!« Er wandte sich in Richtung Bad. »Aber du weißt nicht, was dir an kulinarischen Genüssen entgeht.« Er zwinkerte ihr verschmitzt zu. »Weißt du eigentlich, daß das alles Teil meines genialen Plans ist?«

Sara sah ihn argwöhnisch an. »Welcher Plan?«

Jordan nickte geheimnisvoll. »Ich habe diesen Wolkenbruch bestellt und darauf spekuliert, daß du mich aus der Küche und ins Bad verbannst. Eigentlich kann ich nämlich gar kein Steak grillen.« Er verschwand im Bad. »Von Rindern habe ich keine Ahnung. Mit Känguruhfleisch kenne ich mich nämlich viel besser aus!« rief er durch die geschlossene Tür.

Sara schüttelte lächelnd den Kopf und legte die Steaks auf den Grill. Noch nie hatte sie Jordan so jungenhaft verschmitzt und übermütig erlebt. Sie war froh, ihn nicht sofort samt seiner Einkäufe wieder vor die Tür gesetzt zu haben. Aber hatte sie wirklich die Entscheidung getroffen, daß er bei ihr bleiben sollte? Oder hatte sie sich wieder einmal von Jordan überrumpeln lassen? Angestrengt nachdenkend, runzelte sie die Stirn. Der Gedanke, daß sie sich womöglich gegen ihren eigentlichen Willlen von ihm hatte zu etwas überreden lassen, gefiel ihr überhaupt nicht. Wieder erinnerte sie sich daran, wie oft sie sich in der Vergangenheit von Jordan hatte manipulieren lassen.

Sie schüttelte den Kopf. Diesmal war es anders. Jordan war immer noch hier, weil sie es so wollte. Sie war begierig, mehr über seine Vergangenheit herauszufinden, und es tat gut, Jordan in der Nähe zu wissen und zu spüren, daß er entschlossen schien, sie endlich wie eine Erwachsene zu behandeln. Alles würde gut werden, das fühlte sie mit einem Mal ganz deutlich.

Sie holte Gurken und Tomaten aus der Tüte und machte sich erleichtert und voller Hoffnung an die Zubereitung des Salates. So wohl hatte sie sich nicht mehr gefühlt, seit sie die Nachricht von Kemps Reise nach San Francisco erfahren hatte.

»Erzähl mir mehr von Bandora.« Sara kuschelte sich tiefer in die weiche Couch und blickte verträumt in die Flammen des Kaminfeurs. »Du hast gesagt, daß das Leben dort anders war als in Half Moon.«

Jordan schüttelte den Kopf, dann hob er sein Glas an die Lippen. »Ganz anders. Auf Bandora mußte man sich alles mit harter Arbeit erkämpfen. Das Land war schwer zu bestellen.« Er blickte versonnen in das Weinglas. »Und die Leute, die da lebten, waren auch schwer zugänglich.« Abrupt stellte er sein Glas ab, stand auf und trat an den Kamin. »Mehr gibt es nicht zu erzählen.« Er nahm den Schürhaken und stocherte in der Glut, bis die Funken flogen. »Da draußen im Busch passiert nicht viel.«

Aber Sara hatte das sichere Gefühl, daß auf Bandora etwas sehr Wichtiges mit Jordan geschehen sein mußte. Seine angespannte Haltung hielt sie jedoch davon ab, noch weitere Fragen zu stellen. Trotzdem – allmählich fange ich an, ihn zu verstehen, dachte sie erstaunt. Er war nicht länger der geheimnisvolle Fremde, der sie gleichzeitig fasziniert und erregt hatte. In der vergangenen Woche hatte er ihr eine sehr verletzliche Seite seiner Persönlichkeit gezeigt, die sie stärker berührte als seine männliche Rücksichtslosigkeit. »Wie alt bist du gewesen, als deine Mutter gestorben ist?« wagte Sara noch einen Vorstoß.

Jordan hielt mitten in der Bewegung inne und starrte auf die brennenden Scheite. »Zwölf.« Dann richtete er sich auf, stellte den Schürhaken zurück an seinen Platz und wandte sich lächelnd zu Sara um. »Möchtest du noch ein Glas Wein?«

Dieses Thema ist im Moment endgültig für ihn erledigt, stellte Sara enttäuscht fest. Nun, sie hatte an diesem Abend schon viel gelernt und durfte nicht ungeduldig sein. »Ich glaube nicht. Ich habe schon zwei Gläser getrunken.« Sie stellte ihr leeres Glas auf den Tisch. »Danke, Jordan.«

»Wofür? Du hast doch gekocht.«

Sie schüttelte den Kopf. »Dafür, daß du hier warst, als ich dich brauchte. Dafür, daß du mir durch diese schwere Zeit hilfst.«

»Du würdest es auch ohne mich schaffen.« Er kam zu ihr und kniete sich neben die Couch. »Du bist eine verdammt starke Frau, Sara.«

»Das hast du schon einmal behauptet, aber manchmal fühle ich mich nicht sehr stark.« Wie zum Beispiel jetzt, dachte sie und fröstelte. Wie leicht konnte sie in den nächsten Tagen verletzt werden, wie schnell konnte ihr Leben ausgelöscht werden.

»Hör zu.« Jordans Stimme klang weich, aber sein Blick war von seltsamer Intensität. »Weißt du, an was ich denken mußte, als ich dich das erste Mal sah? An den Sommer. Du hast mich an den Sommer auf Bandora erinnert. Sonnige Vormittage, heiße Nachmittage und die Nächte . . .« Mit dem Zeigefinger berührte er sacht ihre Wange. »Unbeschreiblich.«

Bei seiner Berührung erschauerte sie. Und als sein Finger langsam über ihre Wange zu ihren Lippen glitt, hielt sie den Atem an. Auf einmal fühlten sich ihre Lippen heiß und trocken an, und ihre Brustwarzen richteten sich schmerzhaft und voller Verlangen unter ihrem leichten T-Shirt auf.

»Der Sommer hat viele Gesichter, aber er ist immer warm und kraftvoll. Als ich dich dann näher kennenlernte, stellte ich fest, daß du genauso warst, wie ich es mir vorgestellt hatte.« Sein Finger glitt über ihren Hals. »Du bist wie Sonnenlicht, das mich immer gewärmt hat.« Langsam senkte er den Kopf, bis sich seine Lippen dicht über Saras Mund befanden. »Du bist wie Hitze, die mich verbrannt hat.«

Nein, du bist derjenige, an dem ich mich verbrannt habe, dachte Sara. Eine Hitzewelle nach der anderen überflutete sie, ihr Blut schien zu sieden. Es war, als würde sie zerschmelzen. »Jordan . . .«

»Pst . . .« Seine Hand bedeckte ihre linke Brust. »Ich will dein Herz schlagen hören. Für mich.« Er beugte den Kopf tiefer. »Ich möchte es hören . . .« Mit dem Daumen umspielte er ihre Brustwarze, während Saras Herz zum Zerspringen klopfte.

»Ich bin so gern bei dir«, flüsterte Jordan. »So nah bei dir . . . wie gern ich dich berühre . . . Du bist wirklich wie die Sonne . . .« Seine Hand glitt unter den dünnen Baumwollstoff des T-Shirts. Sara erschauerte vor Lust.

»Sara, Liebling, mein ganzer Körper schmerzt vor Verlangen nach dir.«

Ihr ging es genauso. Auch ihr Körper schmerzte so sehr vor Verlangen, daß sie glaubte, es nicht länger ertragen zu können. Sanft schob sie ihn von sich. Nicht den Bruchteil einer Sekunde wandte Jordan den Blick ab, sondern beobachtete jede ihrer Bewegungen mit angehaltenem Atem.

Dann stöhnte er auf, bedeckte ihre nackten Brüste mit unzähligen Küssen und liebkoste ihre Haut mit seinen zärtlichen Fingern. Sara seufzte tief auf. Leidenschaftlich bog sie sich ihm entgegen, während sie die Hände in seinem dichten Haar vergrub.

»Jordan, ich will . . .« Sie brach ab, als er zärtlich an ihrer Brustwarze knabberte. Es war schmerzhaft und erregend zugleich. »Jordan, bitte! Komm zu dir!«

»Noch nicht.« Er zog den Reißverschluß ihrer Jeans auf, während seine Lippen weiter fordernd über ihre Brüste glitten. »Es soll schön werden für dich, mein Liebling. Ich weiß doch, was dir gefällt.« Behutsam streifte er ihr die Jeans und den Slip von den Beinen. »Ich will dir nicht weh tun.« Seine Hand glitt zwischen ihre Oberschenkel. »Ich kann den Gedanken nicht ertragen, daß dir etwas weh tun könnte, Sara.«

Aber die Sehnsucht nach dir schmerzt doch so sehr, stellte Sara verzweifelt fest. Dann bäumte sie sich unter seinen zärtlichen Fingern vor Erregung auf. Ihre Lippen öffneten sich, und sie holte keuchend Luft.

»Warte noch ein bißchen, Liebling«, murmelte Jordan. Er löste sich von ihr und knöpfte mit zitternden Fingern sein Hemd auf. Sein Blick hing unverwandt an Saras Gesicht. »Großer Gott, ich kann nicht länger warten. Sag mir, daß du mich brauchst, Sara! Ich muß es von dir hören!«

Das weißt du doch längst, dachte Sara benommen. Sie lag hier nackt vor ihm, ihr Körper wartete nur darauf, daß er zu ihr kam.

»Sag's mir!« drängte Jordan und warf sein Hemd auf den Teppich.

Sie setzte sich auf, umschlang seine Beine und schmiegte sich an ihn. »Ich will dich«, flüsterte sie. »Jetzt.« Sie rieb die Wange an seiner Jeans. »Ich hab dich so vermißt, Jordan!«

Er beugte sich zu ihr, umschlang sie mit beiden Armen und drückte sie fest an sich. »O Sara, ohne dich habe ich mich so leer gefühlt!« Seine Stimme klang rauh, als er sein Gesicht in Saras seidigem Haar vergrub. »Ich habe nie aufgehört, mich nach dir zu sehnen! Du warst immer ein Teil von mir.« Sein Lachen klang verzweifelt. »Du sollst es jetzt auch wieder werden.«

Er ließ sie los und öffnete seine Jeans.

»Laß mich dir helfen.«

»Nein«, erwiderte er heftig und trat einen Schritt zurück. »Faß mich nicht an. Das hätte katastrophale Folgen. Es ist zu lange her, weißt du.« Rasch zog er sich ganz aus. »Bleib, wo du bist. Ich will dich ansehen.« Er lächelte verzerrt. »Obwohl ich mich damit nur selbst quäle.«

Sie schwang die Beine von der Couch. Jordan stand

nun nackt vor ihr, im flackernden Schein des Kaminfeuers wirkte sein athletischer Körper wie aus Bronze gegossen. Er sah so unwahrscheinlich gut aus . . . Während Sara ihn von oben bis unten betrachtete, spürte sie, wie ihr heiß und kalt zugleich wurde.

»Es wird schön für dich werden«, flüsterte er ruhig und trat an die Couch. Er ließ sich vor Sara zu Boden sinken und spreizte mit der Hand ihre Beine.

»Sara . . .« Er schmiegte sich an sie. »Laß mich zu dir kommen. Ich muß einfach.«

Sara schnappte nach Luft, als er sie zu sich auf den Teppich zog und sie dabei mit seinem warmen, nackten Körper bedeckte. Sie fühlte sich wie elektrisiert, als sie seine Wärme, seine Nähe spürte. Und als er dann kraftvoll in sie eindrang, schrie sie leise auf vor Lust.

Langsam bewegte er sich in ihr. Mit aller Kraft hielt sich Sara zurück. Am liebsten hätte sie laut geschrien vor Erregung. Nur ein tiefes Stöhnen entrang sich ihrer Kehle.

Jordan lächelte ihr zärtlich zu. »Soll ich dir sagen, wie oft ich in den letzten Monaten von irgendeinem Geräusch aufgewacht bin, nur weil ich glaubte, dich zu hören?« fragte er mit belegter Stimme. Er strich ihr eine Haarsträhne aus der Stirn. »Und dann konnte ich nicht mehr einschlafen, weil vor Sehnsucht nach dir mein ganzer Körper schmerzte.«

Sara keuchte, als er sich wieder über ihr bewegte.

Jordan sah sie besorgt an. »Tu ich dir weh?«

»Nein«, flüsterte sie und paßte sich seinem Rhythmus an. »O nein, ganz und gar nicht.«

Jordan senkte den Kopf und küßte sie erst zärtlich und sanft, dann leidenschaftlich und fordernd auf die Lippen. Saras Erregung steigerte sich, bis sie glaubte, es keinen Moment länger aushalten zu können. Von irgendwoher hörte sie ein rauhes Stöhnen, aber sie wußte nicht, ob es von ihr oder von Jordan gekommen war. Es spielte auch keine Rolle. Sara verlor sich in ihrer Lust und gab sich ganz dem wunderbaren, lange vermißten Gefühl hin, mit Jordan eins zu werden. Auf einmal spürte sie wie durch einen Nebel, wie er sich anspannte. Und gleich darauf erreichten sie beide den Gipfel der Ekstase.

»Sara . . .« Jordan keuchte und küßte sie sanft und liebevoll auf die Stirn. »Ich konnte es nicht länger aushalten. Zu lange habe ich dich vermißt!«

Wie seltsam. So hatte sie ihn noch nie erlebt. So sanft, so verletzlich. »Es war wunderschön, Liebling«, flüsterte sie verträumt.

»Ja, für mich auch.« Wieder küßte er sie und rollte sich zur Seite, ohne sie aus den Armen zu lassen. »Und es wird jetzt von Mal zu Mal schöner werden.« Er stand auf und streckte die Hände nach ihr aus. »Komm, wir gehen unter die Dusche, dann will ich zusehen, wie du die Geschenke auspackst, die du bis jetzt unhöflicherweise ignoriert hast.« Er wies mit dem Kopf in Richtung Küche, wo immer noch eine volle Einkaufstüte stand. »Ich glaube, ich muß Ihnen erst mal Manieren beibringen, Mrs. Bandor.«

»Geschenke? Ich will keine Geschenke. Ich habe dir doch gesagt . . .«

»Sei still.« Jordan legte den Arm um ihre Taille und schob sie in Richtung Bad. »Das ist etwas ganz Besonderes. Kein Geschenk im üblichen Sinn. Das verspreche ich dir, Liebling!«

»Aber ich . . .« Sara unterbrach sich und gab es auf, mit ihm zu diskutieren. Im Augenblick war sie viel zu glücklich, um zu streiten. Nach dem Duschen würde sie sich mit Jordans Angewohnheit, ihr teure, extravagante Geschenke zu machen, auseinanderzusetzen. »Wir müssen aber nacheinander duschen. Mein Bad ist winzig.«

»Daß das Bad klein ist, habe ich gesehen, als ich mir die Haare getrocknet habe«, bemerkte Jordan und blinzelte ihr zu. »Aber wir duschen auf keinen Fall nacheinander.« Seine Hand glitt von ihrer Hüfte zu ihren Brüsten. »Ich freue mich schon auf eine kleine, gemütliche Duschkabine.«

Sara war auf einmal ganz außer Atem. »Das wird aber eng!«

»Hoffentlich, mein Schatz.« Jordan öffnete die gläserne Schiebetür zur Duschkabine. »Genau das wünsche ich mir.«

5

Jordan trocknete sich rasch ab, dann fuhr er mit einer Hand durch Saras feuchte Haare und zerzauste sie. Mit der anderen warf er ihr ein Badetuch zu. »Hier, trockne dich ab. Ich bin gleich zurück.«

»Wo gehst du hin?«

»Ich hole dir etwas zum Anziehen. Du sollst dem Anlaß entsprechend gekleidet sein.«

Während Sara sich abtrocknete, lächelte sie vor sich hin. Noch vor kurzem hatte sich Jordan darüber gefreut, sie auszuziehen . . .

»Insgeheim habe ich gehofft, daß du dieses gute Stück

noch besitzt. Es hing ganz hinten in deinem Kleiderschrank«, sagte Jordan stolz, als er kurz darauf zurückkam, und ihren Seidenkimono über dem Arm trug. »Ich weiß doch genau, wie schön du darin aussiehst.«

»Den hatte ich ganz vergessen.« Jordan hatte ihr das kostbare Kleidungsstück auf einer Geschäftsreise nach Singapur kurz nach ihrer Hochzeit gekauft. Als Sara in den Kimono schlüpfte, fühlte sich die Seide weich und kühl auf ihrer Haut an. »Ich habe ihn seit Monaten nicht getragen.«

»Seit achtzehn Monaten?« fragte Jordan leise und lächelte wehmütig. »Du brauchst mir nicht zu antworten. Heute abend will ich nicht an diese Zeit zurückdenken.« Er nahm sie bei der Hand und zog sie aus dem Bad. »Komm, jetzt ist es Zeit für die Geschenke!«

Sara lachte, als er sie regelrecht hinter sich her durch das Wohnzimmer vor den Kamin zerrte. Er holte zwei Kissen von der Couch und legte sie auf den Teppich. »Setz dich.« Dann ging er in die Küche.

Sara kniete sich auf eins der Kissen. »Jordan, du bist so furchtbar störrisch. Warum hörst du nicht auf mich? Ich will keine . . .«

»Du mußt das hier annehmen, sonst verletzt du meine Gefühle.« Mit der Tüte in der Hand kehrte er zurück. Dann kniete er vor Sara nieder und zog ein Partyhütchen aus Goldfolie mit einer gelben Feder aus der Tüte. »Hiermit kröne ich dich zur Königin, Sara«, erklärte er feierlich und setzte ihr den Hut auf den Kopf. »Zur Maikönigin.«

Sara kicherte. »Also, das ist wirklich ein ungewöhnliches Geschenk! Das paßt so gar nicht zu dir. Wenn ich an deine anderen Sachen denke. Ich komme mir vor wie eins der Püppchen aus der Muppet-Show.«

Jordan schüttelte den Kopf. »Du bist eine Königin«, wiederholte er majestätisch. Wieder langte er in die Tüte. »Und hier ist dein Zepter.«

Sara brach in lautes Gelächter aus. Jordan hatte ihr einen Rückenkratzer aus gelbem Plastik überreicht. »Jordan, du bist verrückt.«

Er gab vor, zutiefst enttäuscht zu sein. »Gefällt es dir nicht? Ich finde, daß es sehr königlich aussieht.«

»O ja, sehr königlich.« Saras Augen funkelten belustigt, während sie mit großer Geste das Zepter schwang. »Wenn du nun noch feierlicher gekleidet wärst, würde ich dich zum Ritter schlagen.«

»Das könnte ich nicht akzeptieren.« Jordan lächelte unschuldig. »Jedenfalls noch nicht. Ein Ritter muß sich seine Sporen verdienen. Aber wenn du auf dem Turnier mein Abzeichen trägst, werde ich es sicher gewinnen.«

»Auf dem Turnier?«

Er nickte ernsthaft. »Natürlich. Jede Königin braucht auch ein Ritterturnier.« Auf einmal grinste er. »Und was für ein Turnier wir beide erleben werden!« Er hielt inne. »Wenn Ihre Majestät es erlauben.«

Das flackernde Kaminfeuer warf Schatten auf sein Gesicht und ließ sein Haar noch dunkler erscheinen, als es war. Sara schluckte. Jordan strahlte eine so intensive Erotik aus, daß sie prickelnde Schauer der Erregung durchrieselten. »Ich kenne mich mit Turnieren aber nicht aus.«

»Das lernen wir zusammen. Wirst du mein Abzeichen tragen?«

Sie zog die Brauen hoch. »Ich dachte immer, die Ritter tragen die Farben der Königin?«

»Nicht unbedingt.« Jordan langte wieder in die Tüte.

»Wo steht geschrieben, daß wir nicht nach unseren Regeln vorgehen dürfen?«

»Du stellst immer deine eigenen Regeln auf.« Saras Stimme klang etwas atemlos, und sie stellte fest, daß sie vor Erwartung ganz aufgeregt war. Sie wollte Jordan berühren . . . Sie wollte seinen Körper unter ihren Händen spüren. Dieses drängende Verlangen war ihr nicht neu. Jordan hatte es immer verstanden, sie von einer Sekunde zur anderen sexuell zu erregen. Vieles hatte sich in ihrer Beziehung geändert, aber das nicht. »Warum sollte es jetzt anders sein?« Saras Blick fiel auf einen in Cellophan gehüllten Blumenstrauß. »Blumen?«

»Ganz besondere Blumen.« Jordan wickelte den Strauß aus. »Maßliebchen. Ich dachte, sie passen am besten zu einer Maikönigin.«

Sara löste eine Blume aus dem Strauß. »Ich freue mich, dein Abzeichen tragen zu dürfen. Sie wollte die Blüte in ihr Haar stecken, Jordan jedoch streckte die Hand aus, um sie daran zu hindern. »Nein«, meinte er weich und nahm ihr die Blume ab. »Nicht ins Haar! Da wird sie von der Krone zerdrückt.«

»Ach ja?« Sie lächelte. »Wohin soll ich sie dann tun?«

Jordan ließ seinen Blick über ihren Körper gleiten.

Saras Herz schlug schneller. »Jordan . . .«

Behutsam öffnete er ihren Kimono und streifte ihn von ihren Schultern. »Wir müssen für jede Blume einen angemessenen Platz finden.« Mit schräg geneigtem Kopf betrachtete er ihren nackten Körper. »Also, wo machen sich die Maßliebchen am besten? Vielleicht auf einem Hügel?«

Er drängte Sara sanft auf den Teppich, dann legte er ihr eine Blüte auf die linke Brust. »Wie ist das für dich? Es sieht jedenfalls wunderschön aus. Wir müssen ein ganzes Beet anlegen . . .« Er nahm die gelben Blüten und verteilte sie auf ihrem Körper. »Hübsch. Sehr hübsch.«

Sara atmete schwer. Ihre Wangen brannten, und das Blut schien in ihren Adern zu sieden.

»Ein wunderschöner Garten. Eine wunderschöne Sara«, murmelte Jordan.

Sara spürte einen ziehenden Schmerz zwischen den Oberschenkeln. »Wann . . . wann fängt das Turnier an?«

»Bald.« Langsam senkte Jordan den Kopf. Sein Atem streifte warm ihre Brüste. »Nur noch ein paar kleine Vorbereitungen . . .« Seine Lippen schlossen sich um ihre Brustwarze. Sara stöhnte leise auf und streckte die Arme nach ihm aus.

Jordan hob den Kopf und lächelte. »Bleib einfach noch ein wenig liegen, und laß dich von mir verwöhnen.«

Verwöhnen? Wo sie sich vor Sehnsucht nach ihm verzehrte? Hier bewegungslos zu liegen, während Jordans Lippen ihren Körper liebkosten, bedeutete unerträgliche süße Qual . . .

Schon bald jedoch hielt auch Jordan es nicht mehr aus. Mit heiserer Stimme flüsterte er wieder und wieder ihren Namen, während er tief in sie eindrang.

Saras Lippen öffneten sich zu einem stummen Schrei. Ihre Fingernägel gruben sich tief in Jordans Schultern.

Diesmal liebten sie sich wilder und leidenschaftlicher als jemals zuvor. Leidenschaftlicher, als Sara es sich hätte vorstellen können, einen Mann zu lieben. Als sie dann gemeinsam den Höhepunkt erreichten, glich das einer ekstatischen, lustvollen Explosion.

Ermattet und zutiefst befriedigt schmiegte Sara den Kopf an Jordans Brust. Regungslos lag sie da und lauschte seinem Herzschlag. Jordan streichelte zärtlich ihren Rücken. »Sara?«

Sie fühlte sich zu schwach und atemlos, um ihm zu antworten.

»Komm, mein Kleines. Du mußt ins Bett.« Er stand auf und zog sie auf die Füße. Überall um sie herum auf dem Teppich lagen gelbe Blüten verstreut.

Jordan hob Sara auf die Arme und trug sie zum Schlafzimmer. »Turniere sind ganz schön anstrengend, nicht wahr, Liebling?«

»Ich kann laufen«, protestierte Sara schwach.

»Du sollst deine Kräfte schonen.« Er grinste. »Für diese Art von Turnier bist du offenbar ganz aus der Übung. Ich will, daß du für das nächste Mal ausgeruht bist.«

»Bist du darauf aus, meine Belastbarkeit in dieser Hinsicht zu testen?«

Jordan lächelte zärtlich. »Nimm es, wie du willst. Jedenfalls bin ich heilfroh, daß du so lange abstinent gelebt hast. Wenn ich auch nur den leisesten Verdacht gehabt hätte, daß du mit einem anderen Mann ins Bett gehst, wäre ich schon viel früher bei dir aufgekreuzt. Glücklicherweise bist du keine Beziehung eingegangen, nachdem du mich verlassen hast.« Auf einmal wurde seine Miene ernst. »Für mich hat es seitdem auch keine andere Frau gegeben, Sara. Ich will, daß du das weißt.«

»Ich . . . ich verstehe«, erwiderte sie ernst, doch dann mußte sie lächeln.

Er zog die Brauen zusammen. »Lachst du mich aus? Und was bedeutet: ›Ich verstehe‹?«

»Kein Wunder, daß du dich noch nicht zur Höchstform gesteigert hast, wenn du so lange enthaltsam warst.«

Jordan legte sie behutsam aufs Bett und grinste. »So, habe ich das nicht?«

»Nun, ich meine, es ging alles so schnell, daß man es kaum genießen konnte.«

Er legte sich neben sie und stützte den Kopf auf seine Hand. Mit verschmitztem Lächeln blickte er auf Sara herab. »So? Und dabei hatte ich geglaubt, in deinem Blick lesen zu können, daß du es keine Sekunde länger mehr ausgehalten hättest.«

»So? Da mußt du dich geirrt haben.«

Langsam senkte Jordan den Kopf, bis seine Lippen beinahe Saras Mund bedeckten. »Wenn das so ist, werden wir jetzt die nächste Stufe des Belastungstests einleiten . . .«

Durch den Schlaf und ihre Träume hindurch kämpfte Sara darum, wach zu werden. Irgend etwas war nicht richtig. Nein, das war falsch. Irgend etwas war nicht . . . in Ordnung. Sie öffnete die Augen, ihr Blick glitt suchend durch die Dunkelheit. »Jordan?«

»Ich bin hier.« Schnell rückte er näher zu ihr heran, stützte sich auf den Ellbogen und sah auf Sara herab. »Ich bin immer bei dir.«

Sein Gesicht über ihr lag im Schatten, aber sie konnte seine Anspannung spüren. »Kannst du nicht schlafen?«

»Ich hab's noch nicht versucht.« Seine Finger strichen ihr zärtlich das Haar aus der Schläfe. »Ich wollte jeden Moment genießen. So lange habe ich nicht mehr neben dir gelegen. Ich wollte mir alles ins Gedächtnis einprägen.«

Die Traurigkeit in seiner Stimme ließ Sara besorgt aufhorchen. »Stimmt etwas nicht? Sag mir doch bitte, was du hast.«

Zärtlich verschloß er ihr den Mund mit einem Kuß.

Dann hob er den Kopf. »Es ist nichts. Wie könnte etwas nicht stimmen, solange wir dies hier haben? Solange wir beide zusammen sind, ist alles gut.« Wieder küßte er sie, und als er sprach, klang seine Stimme weich und eindringlich. »Siehst du das nicht ein? Du mußt mich bei dir bleiben lassen.«

Der Anflug von Verzweiflung in seinem Ton beunruhigte sie. »Was sagst du da? Ich weiß nicht, was . . .«

Jordan küßte sie erneut, diesmal jedoch nicht sanft und liebevoll, sondern wild und fordernd. »Pst, mach dir keine Gedanken . . .« Seine Hände glitten besitzergreifend über Saras Körper. »Mach dir keine Sorgen! Denk an gar nichts, außer an uns!«

»Aber, Jordan, erklär mir doch . . .« Sara brach ab. Sie hatte vergessen, was sie noch sagen wollte. Es gab nur noch Jordans Zärtlichkeiten für sie und die unendliche Lust, die er bereits wieder in ihr erweckte.

Das schrille Läuten des Telefons weckte Sara wieder aus ihrem Schlaf auf.

»Ich nehme schon ab«, erklärte Jordan schnell und griff über sie hinweg nach dem Hörer. »Schlaf weiter!«

»Sei nicht albern.« Sara schob seinen Arm weg. »Das Telefon steht auf meiner Seite.« Sie streckte die Hand aus und hob den Hörer ab. »Hallo?«

»Sara?« Es war Cam. »Entschuldige, daß ich dich wecke, aber ich muß mit Jordan sprechen.«

»Cam?« Sara setzte sich im Bett auf und schüttelte schlaftrunken den Kopf. »Woher wußtest du . . .«

»Ist das Cam?« Jordan nahm ihr den Hörer aus der Hand. »Was, zum Teufel, ist los, Cam? Ist etwas nicht in Ordnung?«

Etwas nicht in Ordnung? Sara hob die Telefonschnur an und schlüpfte unter ihr hindurch aus dem Bett. O ja, da gab es etwas, das war ganz entschieden nicht in Ordnung, und es handelte sich nicht nur um diese Information, die Cam gerade an Jordan weitergab. Eine Sache war alles andere als in Ordnung! Sie schlüpfte in den gelben Kimono und fröstelte im ersten Moment, als die kühle Seide ihre nackte Haut berührte. Seltsam, sie hätte nicht geglaubt, daß sie noch stärker frieren könnte, als sie es seit ein paar Minuten tat. Die Eiseskälte, die von ihrem Herzen ausging, seit sich alle Teile des Puzzles zu einem Ganzen zusammengefügt hatten, breitete sich in ihrem ganzen Körper aus.

»Bist du ganz sicher?« Jordans Stimme klang gepreßt. »Kein Irrtum möglich?«

O Gott, wie habe ich nur so einen großen Fehler begehen können? fragte sich Sara. Wie habe ich nur so dumm, so blind sein können? Sie knipste die Lampe neben dem Telefon auf dem Nachttisch an. Das plötzliche Licht zwang Jordan, die Augen zusammenzukneifen. Als sein Blick auf Sara fiel, die neben dem Bett stand, wurde sein Gesichtsausdruck wachsam.

»Sag Marambas, er soll ihn aufspüren«, sprach er in den Hörer, ohne den Blick von Saras Gesicht abzuwenden. »Auch wenn er die Spur bis zu jeder Haltestelle zurückverfolgen muß. Ich rufe dich später wieder wieder an, Cam.« Er legte den Hörer auf die Gabel und sah Sara fragend an. »Nun?«

»Ich will, daß du gehst!« Ihre Stimme bebte. »Ich will, daß du dich anziehst und verschwindest! Für immer!«

Ganz kurz erschien ein Anflug von Schmerz auf Jordans Gesicht, machte dann jedoch einem beherrschten Ausdruck Platz. »Reagierst du nicht etwas übertrieben?«

»Übertrieben?« Die Eiseskälte hatte sich in brennende Wut verwandelt. »Für wie dumm hältst du mich eigentlich? Cam hat gewußt, daß du hier bist. Er hat keinen Augenblick daran gezweifelt, daß du neben mir im Bett liegst. Wie konnte er das wissen, Jordan?« Ihre Hände ballten sich zu Fäusten. »Du hast ihm erzählt, daß du vorhast, die ganze Nacht bei mir zu bleiben, nicht wahr? Als du gestern abend zu mir gekommen bist, warst du dir ganz sicher, mich verführen zu können.«

Im Licht der Lampe wirkte Jordans Gesicht plötzlich blaß. »Ja, das stimmt. Ich will dich nicht belügen, Sara.«

Sie verschränkte die Arme vor der Brust, um ihr Zittern vor ihm zu verbergen. »Du hast mich wieder einmal manipuliert. Du wußtest, daß ich noch nicht bereit war, aber du hattest dir vorgenommen . . .« Sie lachte bitter. »Du bist wirklich gut! Du hast dein Spiel mit mir so gut gespielt, daß ich keine Chance hatte! Du warst so verdammt offen und ehrlich. Wie dankbar habe ich deinen Köder geschluckt – diese Kindheitserinnerungen an Bandora! Du bist dir deiner Sache sehr sicher gewesen, nicht wahr? Du hattest alles von Anfang an geplant. Du wolltest dir und mir beweisen, welche Macht du noch immer über mich hast.«

Wortlos stand Jordan aus dem Bett auf und verließ das Schlafzimmer. Kurz darauf kehrte er mit seinen Sachen zurück, die er auf dem Teppich vor dem Kamin verstreut hatte, und zog sich an. »Und du hast recht. Ich habe geplant, dich dazu zu bringen, mich die Nacht über bei dir bleiben zu lassen.«

Er blickte kurz auf, während er sein Hemd zuknöpfte. »Ich hätte alles dafür getan, damit du mich bei dir in der

Wohnung bleiben läßt, aber nicht, um dir oder mir etwas zu beweisen, sondern weil ich dich beschützen wollte. Ich habe dir bereits gesagt, daß ich den Gedanken nicht ertragen kann, daß du verletzt werden könntest.«

»Und ich habe dir gesagt, daß ich mich nie mehr von dir manipulieren lasse! Ich habe mich geirrt!« Sie lachte rauh. »Du liebe Güte, wie habe ich mich geirrt! Du hattest recht, Jordan – ich bin einfach viel zu vertrauensvoll.«

»Ich nehme an, es hat keinen Zweck, dich davon zu überzeugen, daß dies hier außergewöhnliche Umstände sind, die sich nicht wiederholen?« Jordan sah sie forschend an. »Nein, ich sehe schon, es ist sinnlos.« Sein Lächeln war bitter. »Ich habe eben kein Glück.« Schnell schloß er den Gürtel und zog seine Schuhe an. »Als ich zu dir kam, war ich mir schon nicht sicher, ob ich nicht wieder alles falsch machen würde.«

Sara preßte die Lippen zusammen. »Wie vorausschauend von dir! Wenn du dir so sicher warst, daß du mit deinen Tricks unsere Beziehung wieder zerstören könntest, und sie trotzdem angewandt hast, besteht dann nicht immer wieder die Gefahr, daß du sie anwendest, um das zu bekommen, was du willst?«

»Ich glaube nicht, Sara.« Er schüttelte den Kopf. »Ich denke, ich war wirklich auf dem Weg, dir das zu geben, was du dir von mir wünschst.« Er zuckte die Achseln. »Ich weiß, das nimmst du mir sowieso nicht ab. Nicht mehr.«

Einen Augenblick lang schwand ihr Zorn. Jordan sah so gequält und leidend aus. Dann jedoch wurde Sara von ihrem eigenen Schmerz überwältigt und verschloß sich innerlich vor Jordans Gefühlen. Sie würde kein Mitleid für ihn empfinden! Er hatte sie hintergangen. Wie sollte sie sicher sein, daß er ihr nicht jetzt auch wieder nur etwas vorspielte? »Warum sollte ich auch? Du kannst nicht erwarten, daß ich dir glaube.«

»Nein, ich kann gar nichts von dir erwarten. Ich bin nicht so naiv, zu hoffen, daß du mir noch eine Chance gibst. Du hast mich gewarnt, oder?«

»Ja.«

»Dann habe ich also nichts mehr zu verlieren.« Er lächelte mit plötzlicher Rücksichtslosigkeit. »Ich bin endgültig in Ungnade gefallen? Ich kann tun und lassen, was ich will? Kein Eiertanz mehr, keine Sorgen mehr, was du von mir denken könntest?«

»Von mir aus kannst du machen, was du willst. Es ist mir egal.« Wenn es doch wirklich so wäre! Das hier war tausendmal schlimmer als ihre erste Trennung. Sara fühlte sich, als würde sie innerlich verbluten. Ihre Wut wirkte jedoch wie eine Betäubung und ließ sie keinen Schmerz empfinden. Noch nicht.

Jordan wurde eine Spur blasser, aber das Lächeln verschwand nicht aus seinem Gesicht. »Gut. Das erleichtert mir vieles.« Er wandte sich ab. »Leb wohl, Sara. Verschließ hinter mir bitte die Tür.«

Sie folgte ihm durch das Wohnzimmer zur Wohnungstür. Das Feuer im Kamin war heruntergebrannt. Die Glut warf einen rötlichen Schimmer auf Jordans Gesicht und verlieh ihm eine seltsame wilde Schönheit. Er drehte den Schlüssel im Schloß und öffnete die Tür, dann wandte er sich um und sah Sara an. »Falls es dich interessiert – Kemp hat den Greyhound-Bus irgendwo zwischen New York und St. Louis verlassen. Vielleicht hat er ein Flugzeug oder einen Zug genommen. Oder einen anderen Bus. Auf jeden Fall werden deine tüchtigen Polizisten Mühe haben, seine Spur wiederzufinden.« Er hielt Saras Blick stand. »Kemp könnte in zwei Tagen hier sein. Oder in zwei Stunden. Ich sage den Polizeibeamten unten Bescheid. Aber halte bitte heute nacht deine Wohnungstür verschlossen, Sara. Und laß niemanden ein, den du nicht kennst. Niemanden, hörst du! Das ist der letzte Gefallen, um den ich dich bitte.«

»Ich schließe die Tür ab«, flüsterte Sara. »Jetzt geh bitte, Jordan.«

»Ich gehe.« Noch einmal glitt sein Blick über ihr Gesicht und ihr schimmerndes dunkles Haar. »Aber ich lasse nicht zu, daß man dich tötet, Sara! Auch wenn ich dich verloren habe – ich lasse ihn nicht an dich heran. Diese Schlacht werde ich nicht verlieren!«

Sara zog die Brauen zusammen. Warum mischte er sich auch jetzt noch in ihre Angelegenheiten, wo sie ihm doch gesagt hatte, daß es aus war. Wußte er denn nicht, daß es eben diese Bevormundung war, die sie zur Weißglut trieb.

»Halte dich da raus! Das ist nicht deine Angelegenheit. Du brauchst dir um mich keine Sorgen mehr zu machen. Hörst du mir auch zu? Du sollst dich raushalten aus meinem . . .« Jordan konnte ihre letzten Worte nicht mehr hören. Er hatte die Tür hinter sich geschlossen.

Sara hörte das Rumpeln des Aufzugs und schloß die Wohnungstür ab.

Dann lehnte sie sich gegen die Tür und preßte die Stirn gegen das Holz. Es tat so weh, jetzt, da die Wut abzuklingen begann. Der Schmerz, den der Gedanke, Jordan verloren zu haben, verursachte, hatte ihren ganzen Körper durchdrungen, und jeder Atemzug war wie ein Schluchzen. Aber sie hielt die Tränen zurück. Nein, sie würde nicht weinen! Der Schmerz würde nach einiger Zeit nachlassen. Sie mußte sich nur daran erinnern, wie gut sie das letzte Mal darüber hinweggekommen war. Jede Stunde, jede Minute von einem Augenblick zum anderen würde es ihr besser gehen. Wie eine Beschwörung mußte sie sich das immer wieder vorsagen. Aber damals hatte sie Jordan noch nicht so gut gekannt wie heute. Damals hatte sie nicht gewußt, wie liebevoll und verletzlich er sein konnte – oder hatte er ihr das nur vorgespielt und kannte sie ihn jetzt weniger als zuvor?

Sara richtete sich auf und wanderte durch den großen Raum. Jordan hatte sein Versprechen gebrochen und sie wieder manipuliert. Woher sollte sie wissen, daß es den Jordan, den sie in den letzten Wochen kennengelernt hatte, eigentlich gar nicht gab?

Plötzlich hielt sie inne und wurde um noch eine Spur blasser. Ein Problem hätte sie über ihre anderen Sorgen ja fast ganz vergessen: Kemp! Über Kemp hatte er sie bestimmt nicht angelogen. Eigentlich sollte sie sich fürchten, aber sie empfand nur dumpfe Gleichgültigkeit. Seltsam, daß einem das eigene Leben so unwichtig sein konnte . . . Aber wenn dieser furchtbare Schmerz nachlassen würde, könnte sie auch wieder an andere Dinge als nur an Jordan denken. Nur mußte eben dieser Schmerz zuerst einmal aufhören . . .

6

»Pack deine Sachen!« Penny trat an Sara vorbei in das Apartment. »Jetzt gleich! Du mußt hier weg!«

Sara schloß die Tür und drehte den Schlüssel um. »Ich kann hier nicht weg. Noch nicht.«

»Du wirst diese Wohnung verlassen!« Penny fuhr mit blitzenden Augen herum. »Was bist du bloß für eine naive Idealistin! Ich konnte es kaum glauben, als Jordan heute früh zu mir ins Büro kam und mir alles erzählte.«

»Jordan hat dir alles erzählt? Dazu hatte er kein Recht.« Saras Lippen wurden schmal. »Aber es spielt auch keine Rolle. Diese Sache geht nur mich etwas an.«

»Da irrst du dich«, entgegnete Penny kühl. »Es geht mich etwas an; mich und Mac und die Zeitung. Was denkst du eigentlich, wie wir in der Öffentlichkeit dastehen, wenn du dich als Köder umbringen läßt? Wer kann dann öffentlich erklären, daß der *World Report* in diese Dummheit nicht verwickelt ist? Was denkst du, wie viele Leute davon überzeugt sein werden, daß es uns nur um einen Exklusivbericht ging?« Penny schüttelte den Kopf.

»Ich werde von mir aus auf der Stelle eine eidesstattliche Erklärung abgeben, daß ich allein die Verantwortung trage.«

»Glaubst du, das Stück Papier in meiner Hand würde es für mich besser machen, wenn man dir die Kehle durchschneidet? Ich bin schließlich für dieses Fiasko verantwortlich!« Penny wandte sich ab. »Wir bringen dich aus San Francisco raus und verstecken dich an einem sicheren Ort, bis Kemp gefaßt ist!«

»Ich kann dich ja verstehen« – Sara bemühte sich, ihrer Stimme einen festen Klang zu verleihen. Himmel, war das schwierig! – »Und ich weiß, daß du dir als meine Freundin Sorgen machst. Aber ich kann nicht . . .«

»Vergiß unsere Freundschaft! Darum geht es doch hier nicht! Du bist beim *World Report* angestellt, und deine Aktionen können uns in Teufels Küche bringen. Ich kann das nicht zulassen, Sara!« Penny hielt einen Moment inne, dann fügte sie hinzu: »Du liebst deinen Job. Aber ist er es wert, daß du für ihn Kopf und Kragen riskierst? Und wenn es gutgeht, dann verlierst du wahrscheinlich deinen heiß geliebten Job, weil dein Verhalten einfach unverantwortlich ist. Und das können wir uns nicht leisten.«

Sara sah sie mit großen Augen an. »Du wirfst mich tatsächlich hinaus?«

Penny zögerte. »Oh, zum Teufel, wahrscheinlich nicht! Aber Mac ist vielleicht nicht nachsichtig, wenn du weiter so unvernünftig bist. Er war fuchsteufelswild, als er von der Sache erfuhr, und hat mir sehr klare Anweisungen erteilt, wie das Ganze zu regeln sei. ›Hol sie da heraus‹, hat er gesagt. Nun, und genau das habe ich vor. Ich hole dich hier raus!«

Sara schüttelte den Kopf. »Penny, das hier ist wichtig für mich. Ich glaube an das, was ich tue. Mein Job ist mir sehr wichtig, aber es ist mir, glaube ich, noch wichtiger, daß Kemp sich nicht länger auf der Straße herumtreibt.«

»Diese Antwort habe ich befürchtet. Deshalb habe ich vorsorglich einige Maßnahmen getroffen.« Penny lächelte grimmig. »Auch wenn du viel zu idealistisch bist, dich um deinen Job und deine Zukunft zu sorgen – Lieutenant Blaise denkt da anders. Die Polizei hat wenig

Interesse an dem Wirbel, den der *World Report* in der Öffentlichkeit auslösen kann.«

»Du hast ihm gedroht?«

»Ich habe ihm erkärt, daß wir ihn kreuzigen, wenn er es zuläßt, daß du dich weiter in Gefahr bringst. Man zeigte sich sehr einsichtig.« Penny klang unnachgiebig. »Die Polizei hat ebenso viel Interesse daran, dich aus dieser Situation wieder herauszubringen, wie wir. Es würde mich nicht überraschen, wenn man uns Begleitschutz zum Flughafen zuweisen würde, nur um sicherzugehen, daß du die Stadt verläßt.«

»Himmel, du bist ganz schön hart!« flüsterte Sara. Auf einmal spürte sie eine grenzenlose Erleichterung. Man hatte ihr die Sache aus der Hand genommen. Sie war gezwungen, die Sache aufzugeben. Sie brauchte nicht länger auf Kemp zu warten; sie brauchte nicht länger darauf zu warten, daß man sie umbrachte.

»Hart bin ich immer, wenn es darauf ankommt!« Penny sah ihr in die Augen. »Noch irgendwelche Einwände?«

Sara schüttelte den Kopf. »Sieht aus, als hätte ich keine Wahl. Wo willst du mich verstecken?«

»Mir gehört eine winzige Insel vor der Küste von Santa Barbara.« Penny schnitt eine Grimasse. »Besser gesagt sie gehört der Bank und mir. Es ist nur ein wilder, hügeliger Fleck im Ozean mit einer netten kleinen Hazienda. Ein eigenbrötlerischer Schriftsteller hat sie vor sechzig Jahren auf der Insel erbaut. Wir mieten einen Helikopter, der uns vom Flughafen in Santa Barbara dorthin bringt. Dann fliege ich hierher zurück und beobachte, wie sich die ganze Angelegenheit weiter entwickelt. Auf der Insel gibt es kein Telefon, aber wenn man Kemp gefunden hat, komme ich zurück und hole dich ab.«

»Ich wußte gar nicht, daß du eine Insel besitzt.«

»Ich brauche eine stille Zuflucht, einen Ort, an dem ich gelegentlich allein sein kann. Schon als Kind habe ich mich nach einem Stück Land gesehnt, das ganz allein mir gehört.« Sie zuckte die Achseln. »Ich glaube, ich will nicht einmal, daß meine Freunde davon wissen. Es ist meine Insel. Mein Refugium.«

»Aber jetzt teilst du es mit mir.« Sara drückte Pennys Arm. Es tat ihr mittlerweile leid, daß sie ihr gegenüber so unfreundlich gewesen war. Penny meinte es doch nur gut mit ihr, das hätte sie wissen müssen. »Entschuldige bitte, wegen eben, meine ich. Und danke.«

»Schon gut. Du brauchst jetzt auch ein Refugium. So etwas kann sehr wertvoll sein, wenn man sich einmal verstecken muß. Oder wenn man sich zurückziehen will, um seine Wunden zu lecken.«

Sara spürte einen scharfen Schmerz. Einen Moment lang war sie versucht, Penny von sich und Jordan zu erzählen. Sie überlegte es sich jedoch anders und bemühte sich sogar zu lächeln. »Und wie heißt dein Refugium?« fragte sie, um das Thema zu wechseln.

»Nur ›die Insel‹. Mir ist kein treffenderer Name eingefallen.« Penny machte sich auf den Weg ins Schlafzimmer. »So, jetzt laß uns packen! Du brauchst eine Menge Pullover und Jeans. Wenn der Wind vom Meer kommt, ist es oft recht kühl.«

Die Insel war genauso wild, wie Penny sie beschrieben hatte, und wirkte aus der Luft sogar noch kleiner, als Sara sie sich vorgestellt hatte. Die Küste war fast rundum felsig, bis auf eine kleine Bucht auf der dem Wind zugewandten Seite. Wie ein Finger ragte ein schmaler Pier in die schäumende Brandung.

»Ich kann kein Haus erkennen.« Sara spähte aus dem Fenster des Helikopters, der langsam zur Landung ansetzte.

Penny nickte. »Es liegt hinter dem Hügel. Die Pinien stehen zu dicht, um es von hier sehen zu können. Ich glaube, es wird dir gefallen. Es hat mich vier Jahresurlaube gekostet, das Haus einzurichten. Der Möbeltransport vom Festland auf die Insel ist gar nicht so einfach.«

»Das kann ich mir vorstellen«, murmelte Sara. »Die Brandung sieht ganz schön wild aus.«

»Ist sie auch«, erwiderte Penny. »Die Strömungen um die Insel sind gefährlich. Du gehst besser nicht ins Wasser. Okay?«

»Okay.« Der Helikopter war auf einem Felsplateau neben dem Pier gelandet, und Sara sah sich neugierig um. »Ich entdecke ganz neue Seiten an dir, Penny. Gefällt dir diese einsame Wildnis wirklich?«

»Ich liebe sie«, erwiderte Penny schlicht. »Hier fühle ich mich zufrieden und wohl.« Sie drehte sich zu dem Piloten um. »Warten Sie hier, Ralph. Sobald ich die Lebensmittel ins Haus geschafft habe, komme ich wieder.«

»Ich erledige das für Sie«, bot der junge Pilot freundlich an.

»Nein«, entgegnete Penny schnell. »Warten Sie hier. Wir schaffen das schon. Sara hat nicht viel zu tragen.«

Der Pilot zuckte die Achseln und nahm eine Zeitung zur Hand.

»Ich wünschte, du könntest ein paar Tage bleiben.«

Sara hob ihre rote Reisetasche auf und sprang auf den felsigen Boden. Ein starker Windstoß erfaßte sie und zerzauste ihre Haare. Sie fröstelte. »Ich glaube, die Vorstellung, hier ganz allein zu sein, gefällt mir gar nicht.«

»Im Haus gibt es ein Radio und eine Stereoanlage.« Auch Penny sprang aus dem Helikopter und zog einen Sack voller Lebensmittel hinter sich her. »Und jede Menge Bücher. Es wird dir guttun, dich ein paar Tage zu entspannen. Vielleicht entdeckst du ja deine Liebe zur Einsamkeit.«

»Das bezweifle ich.« Saras Hand schloß sich fest um den Griff ihrer Reisetasche, während sie Penny über den schmalen, gewundenen Pfad folgte. »Hier ist es mir zu einsam. Ich brauche Menschen um mich herum.«

»Ich weiß.« Penny lächelte ihr über die Schulter hinweg liebevoll zu. »Du hast dich immer viel mehr über eine gute Unterhaltung gefreut als über eine schöne Aussicht.« Ihr Blick glitt sehnsüchtig über die schroffe Küste. »Selbst wenn man hier allein ist, kann man sich doch nicht einsam fühlen.«

»Du irrst dich, Penny«, erklärte Sarah. »Ich werde mich hier einsam fühlen. Dabei ist Einsamkeit im Moment das Allerletzte, was ich brauche. Ich will keine Zeit haben, um . . .« Sie brach ab und beschleunigte ihre Schritte. »Sind wir bald da?«

»Gleich.« Penny wies nach vorn. »Gleich hinter dem Hügel.« Sie gingen eine Weile schweigend weiter. »Ich nehme an, du hast deine Meinung über Jordan geändert?« fragte Penny dann unvermittelt.

Sara versteifte sich. »Ich will nicht darüber reden.«

»Ich auch nicht, aber es läßt sich nicht vermeiden«,

entgegnete Penny ruhig. »Ich habe meine Meinung nämlich auch geändert. Ich vertraue ihm, Sara.«

Verwirrt starrte Sara ihre Freundin an. »Bist du übergeschnappt? Du liebe Güte, Penny, ich hätte nie gedacht, daß du dich von ihm blenden läßt. Was hat er dir bloß heute morgen alles erzählt?«

»Nicht viel. Überhaupt nicht viel. Aber ich habe ihm jedes Wort geglaubt. Er ist sehr unglücklich, Sara.« Penny ging weiter.

»Gut so. Das hat er verdient.« Sara schluckte den Kloß in ihrer Kehle herunter, während sie ihrer Freundin folgte. »Er hat mich belogen. Er hat mich betrogen . . .«

»Das sind große Worte . . .« Penny wirkte nachdenklich. »Ist das wirklich deine Meinung über ihn?«

Sara holte tief Luft. »Laß uns nicht mehr darüber reden. Du hattest recht, es war dumm von mir, mich noch einmal mit ihm einzulassen. Der Vulkan ist ausgebrochen und hat einen Teil von mir zerstört. Und mir bleibt nichts anderes übrig, als die Scherben zusammenzukehren und weiterzuleben. Du brauchst Jordan nicht in Schutz zu nehmen.«

»Ich nehme ihn nicht in Schutz. Ich versuche nur, dir zu erklären . . .« Penny suchte nach Worten.

». . . warum du dich von ihm hast überreden lassen, die Pläne von Lieutenant Blaise zu durchkreuzen?«

»Nein, dazu brauchte er mich nicht zu überreden.« Wieder zögerte Penny. »Ich muß dir etwas gestehen.« Sie hatte die Kuppe des Hügels erreicht und wartete auf Sara. »Ich habe ihm geglaubt, Sara.«

»Das hast du schon einmal gesagt. Leider gehen unsere Meinungen da auseinander.«

»Er gab mir sein Wort.« Penny wich Saras Blick aus und schien plötzlich irgend etwas am Fuß des Hügels zu suchen. Plötzlich hellte sich ihre Miene auf. Dann setzte sie schnell die große Lebensmitteltüte ab und wandte sich Sara zu. »Ich mußte mich entscheiden. Bitte sei mir nicht böse.«

»Wovon redest du? Ich verstehe dich nicht.«

Penny wies mit dem Kopf auf den Pfad, der hinunter ins Tal führte. »Sieh dort hin, dann weißt du Bescheid.«

Sara tat, was sie sagte, und spürte, wie ihr der Atem stockte. »Nein«, flüsterte sie. »Das würdest du mir nicht antun.«

Der Mann war noch zu weit weg, um sein Gesicht sehen zu können, aber diesen Gang, so energisch, kraftvoll und durch und durch männlich, würde Sara unter Tausenden wiedererkennen. Es war Jordan, der da den Hügel heraufkam.

Sie wandte den Blick von ihm ab. »Penny!« Aber Penny war schon den Weg zum Helikopter zurückgeeilt. »Penny!«

Ihre Freundin blieb stehen und drehte sich um. »Du brauchst einen Beschützer, und Jordan ist wie für diese Aufgabe geschaffen«, rief sie.

»Um Himmels willen, Penny, was hat er dir gesagt, daß du mir so etwas antust?«

»Er hat mir gesagt, er würde für dich sterben, wenn es sein müßte«, entgegnete Penny schlicht. »Und das glaube ich ihm.« Dann lief sie weiter den Hügel hinunter in Richtung Pier.

Ungläubig starrte Sara ihr eine Ewigkeit lang nach. Penny ließ sie tatsächlich hier mit Jordan allein? »Penny, warte!« Sie ließ ihre Tasche fallen und rannte wie um ihr Leben. »Das kannst du nicht tun.«

Penny kletterte gerade in den Helikopter, als Sara völlig außer Atem die Bucht erreichte. Sie sah, wie sie die

Tür zuschlug und dem Piloten offensichtlich Anweisungen gab, sofort zu starten. Sekunden später hob der Helikopter ab und entfernte sich rasch vom Pier.

»Penny, du kommst sofort zurück!« Panik lag in Saras Stimme, als sie die Worte in den Wind schrie.

Penny schüttelte nur den Kopf und warf Sara eine Kußhand zu, dann lehnte sie sich in ihrem Sitz zurück.

Sara ballte die Hände zu Fäusten, während sie beobachtete, wie der Hubschrauber allmählich an Höhe gewann.

»Du kommst jetzt besser mit mir zur Hazienda. Der Wind hier an der Küste ist ganz schön stark.«

Jordans Stimme klang ruhig, beinahe sanft hinter ihr, aber Sara fuhr zusammen, wie vom Donner gerührt.

Dann wandte sie sich langsam zu ihm um. »Wie hast du das geschafft?«

»Wie ich es geschafft habe, deine Freundin davon zu überzeugen, wie ernst es mir mit dir ist?« Er lächelte bitter. »Ich habe dir schon einmal gesagt, daß ich sie für sehr klug und sensibel halte. Außerdem liegt ihr dein Wohlbefinden sehr am Herzen. Ich kann dir versichern – ich habe nicht versucht, sie zu übertölpeln.«

»Du kannst mir viel erzählen . . .«

». . . und nichts von dem, was ich dir sagen würde, würde dich interessieren, habe ich recht?«

»Nein.« Saras Nägel gruben sich schmerzhaft in ihre Handflächen. »Gut, daß du das endlich begriffen hast. Dann rufst du sicher jetzt auch auf dem Festland an und bittest Penny, mir einen Hubschrauber zu schicken, der mich von hier weg bringt. Ich bleibe nicht hier – nicht zusammen mit dir!«

Jordan schüttelte bedauernd den Kopf. »Es gibt kein Telefon auf der Insel.«

Das hatte ihr Penny auch schon gesagt, erinnerte sich Sara. »Das ist doch verrückt! Ich bleibe doch hier nicht allein mit dir, Jordan!«

»Wir sind nicht lange allein. Cam hat ein Boot gechartert und kommt morgen mit frischen Nahrungsmitteln.«

»Cam! Ist er auch in dieses hinterhältige Spielchen verwickelt?«

»Vielleicht ist er mir ähnlicher, als du dir bis jetzt vorgestellt hast. Zumindest versteht er die Situation und kann sich in sie hineinversetzen.« Jordan steckte die Hände in die Taschen seiner Jeansjacke. »Vielleicht glaubst du aber lieber, ich hätte ihn auch übertölpelt. Du scheinst mich ja ohnehin für den Teufel in Person zu halten.«

Sara zuckte die Schultern. »Wie du meinst. Ich habe es jedenfalls nach diesem, Anruf vergangene Nacht aufgegeben, dir überhaupt noch zuzuhören.«

»Ich weiß. Deshalb bin ich auch zu deiner Freundin Penny gefahren. Du mußtest unbedingt aus dieser Falle befreit werden. Und wenn ich es schon nicht selbst fertigbrachte, so war mir doch jedes Mittel dazu recht.« Er lächelte bitter. »Natürlich bestätigt das deine Meinung von mir, daß ich egoistisch und rücksichtslos bin. Aber in diesem Fall ist mir egal, was du von mir denkst. Alles, was zählt, ist, daß du hier in Sicherheit bist und ich dafür sorgen werde, daß das so bleibt.« Er wandte sich ab. »Ich gehe jetzt zum Haus zurück und mache das Abendessen. Komm nach, wenn du eingesehen hast, daß es keinen Zweck hat, hier zu stehen und vor dich hin zu schmollen.«

Damit wandte er sich um und stieg den Hügel wieder hinauf.

Sara starrte auf seinen Rücken, während Ärger und Wut in ihr hochstiegen. »So verdammt einfach ist das alles nicht!« schrie sie hinter ihm her. »So lasse ich nicht mit mir umgehen! Nie mehr lasse ich mich von dir zu irgend etwas zwingen!«

Mit äußerst angespannter Miene drehte er sich zu ihr um. »Um Himmel willen, Sara. Ich habe Penny versprochen, dich in keinster Weise zu belästigen und dich auch nicht zu irgend etwas zu zwingen. Und dasselbe Versprechen gebe ich auch dir, wenn du mir überhaupt glaubst.«

»Ich glaube dir nicht!«

»Das habe ich auch nicht erwartet.« Er preßte für einen Moment die Lippen aufeinander. »Aber das spielt jetzt keine Rolle.« Er hielt einen Augenblick inne, dann brach es aus ihm heraus: »Zum Teufel, ja, es spielt eine Rolle, aber ich kann damit leben! Ich kann alles ertragen, wenn ich damit dein Leben retten kann! Du wirst diese Insel nicht eher verlassen, als daß Kemp keine Gefahr mehr für dich darstellt! Und ich werde wie dein Schatten immer bei dir sein!«

»Das wirst du nicht!«

Jordan schwieg nachdenklich. »Vielleicht wird es für uns beide die Hölle, Sara«, sagte er dann, »aber auch das hält mich nicht von meinem Vorhaben ab.« Wieder drehte er sich um, eilte mit langen Schritten weiter und war wenig später hinter der Kuppe des Hügels verschwunden.

Sara stand da und fühlte sich plötzlich sehr allein. Der Wind schien stärker zu blasen, das Geräusch der Brandung gegen die Felsen lauter geworden zu sein. Sie drehte sich um und blickte aufs Meer hinaus. Wie hatte Penny es wagen können, sie in diese Lage zu bringen?

Wie hatte sie sich nur mit Jordan gegen sie verbünden können, um sie wie ein unmündiges Kind zu behandeln?

Nun, sie war alles andere als ein unmündiges Kind und würde es den beiden schon beweisen! Ihre einzige Schwäche hatte darin bestanden, daß sie ihnen vertraut hatte – das war ein Fehler gewesen, aber aus Fehlern wurde man ja angeblich klug. Sie würde den beiden nicht mehr glauben. Sie würde nichts mehr von ihnen erwarten und so selbst auch frei von jeglichen Verpflichtungen sein. Es war ganz einfach! Das Dumme war nur, daß sie nichts von einer neugewonnenen Freiheit verspürte. Sie fühlte sich krank und einsam und leer. Aber auch darüber würde sie hinwegkommen. Sie würde lernen, so gefühllos zu sein, wie Penny und Jordan es waren. Sie würde noch eine Weile hier stehen und die aufgewühlte See beobachten. Vielleicht würde sich der Sturm in ihrem Innern allmählich legen, und sie wäre in der Lage, Jordan gefaßt gegenüberzutreten.

Ein köstlicher Duft nach gebratenen Zwiebeln und Pfefferschoten empfing Sara, als sie die Tür zum Wohnraum der Hazienda mit dem roten Dach öffnete. Sara ging dem Duft nach, bis sie Jordan in der kleinen, gemütlichen Küche entdeckte. Er stand am Herd und rührte in einer Bratpfanne. Als er aufsah und Sara erblickte, lächelte er. »Ich habe deine Reisetasche nach oben in das größte Schlafzimmer gebracht. Dieser Raum besitzt als einziger ein eigenes Bad. Das Essen ist in einer Viertelstunde fertig.«

»Wenn du dir einbildest, daß ich nachgebe . . .«

»Das bilde ich mir nicht ein.«

»Wie gesagt, ich habe nicht vor, Eingeständnisse zu

machen. Aber ich werde die Nacht im Freien verbringen, nur um dir aus dem Weg zu gehen.«

»Sehr vernünftig von dir.«

»Ich werde diese Insel verlassen!«

Jordan rührte weiter in der Pfanne. »Wenn keine Gefahr mehr für dich besteht.«

»Nein, schon früher! Ich lasse mich nicht länger wie ein dummes kleines Kind behandeln. Wie kommt ihr nur darauf, daß ich mich auf euer so schlau eingefädeltes Arrangement einlasse?«

Jordan sah sie nicht an. »Weil du im Grunde deines Herzens deiner Freundin und mir vertraust. Ich habe dir schon einmal gesagt, daß du viel zu vertrauensvoll bist. Selbst als du mich im Verdacht hattest, dich zu betrügen, hast du mir noch vertraut. Dagegen kommst du nicht an, Sara.«

»O doch!« entgegnete sie scharf. »Ich habe meine Lektion gelernt. Ich kann genauso hartgesotten und zynisch sein, wie ihr, du und Penny, das könnt!«

»Nein, niemals.« Er hob den Kopf und sah sie ernst an. »Vielleicht glaubst du ja, du kannst dich ändern, aber es ist nicht so. Du bist weich und liebevoll und stark genug, dich von Leuten wie mir nicht zu etwas anstiften zu lassen, das du gar nicht tun willst.«

Sie sah ihn prüfend an. »Ich bin mir nicht sicher, ob ich überhaupt noch weich und liebevoll sein will.«

»Ich aber.« Er nahm die Pfanne vom Herd. »Ich koche einen Gemüseauflauf. Wenn du willst, bringe ich dir dein Essen auf einem Tablett nach oben. Ich kann verstehen, wenn du nicht in meiner Nähe sein willst.«

»Ich habe keinen Grund, dir aus dem Weg zu gehen«, erklärte sie kurzangebunden. »Ich dusche und ziehe mich um, dann komme ich runter.« Sie wandte sich ab und wollte die Küche verlassen.

»Es gibt Gründe genug, mir heute abend aus dem Weg zu gehen.«

Schnell warf sie über die Schulter hinweg einen Blick zurück.

Jordans Lippen umspielte ein leichtes Lächeln. »Sieh mich nicht so argwöhnisch an!« Er wandte sich wieder dem Herd zu. »Ich sprach von den Zwiebeln. Erinnerst du dich – ich esse sie für mein Leben gern.«

7

»Du bist anders als sonst. So habe ich dich noch nie erlebt.« Sara schob ihren Teller beiseite und sah dann Jordan, der ihr gegenübersaß, ins Gesicht. »Gehört das zur Inszenierung?«

Jordan schüttelte den Kopf. »Das Stück ist aus, und der Vorhang ist gefallen. Alles, was jetzt noch kommt, ist improvisiert.« Er stand auf. »Bist du fertig? Dann hole ich den Kaffee.«

Sara beobachtete ihn, wie er durch die Küche ging. Verwirrt hob sie die Brauen. Irgend etwas war heute abend anders als sonst. Wie immer strahlte Jordan Willensstärke und Ruhe aus, irgend etwas jedoch fehlte. Auf einmal wußte sie, was sich verändert hatte. Die unterschwellige Anspannung, die immer alle seine Aktionen begleitet hatte, war verschwunden. »Du . . . du bist so entspannt.«

Mit der Kaffeekanne in der Hand kehrte er an den Tisch zurück. »So?« Er schenkte Sara eine Tasse heißen, dampfenden Kaffee ein. »Das ist mir nicht bewußt, aber wahrscheinlich hast du mich noch nie erlebt, wenn ich nicht verzweifelt war. Und du hast recht – seit dem Tag, an dem ich dir begegnet bin, habe ich eine Rolle gespielt.«

»Verzweifelt«, wiederholte Sara. »Das klingt dramatisch.«

»Es klingt nicht nur dramatisch. Verzweifelt zu sein ist auch ein ziemlich mieses Gefühl!« Jordan setzte die Kaffeekanne ab und ließ sich wieder auf seinen Stuhl fallen. Dann lehnte er sich zurück und streckte die langen Beine aus. »Du bist noch nie verzweifelt gewesen, Sara, oder?«

Sie überlegte einen Augenblick. »Nein, ich glaube nicht.« Es hatte Zeiten gegeben, da war sie zutiefst unglücklich und verstört gewesen, aber was Verzweiflung war, hatte sie nie erfahren müssen. »Ich hätte aber auch nicht gedacht, daß du wegen irgend etwas verzweifeln könntest. Du hast dich immer sehr unter Kontrolle gehabt.« Ihre Lippen wurden schmal. »Nicht nur dich.«

Jordan trank einen Schluck Kaffee. »Zu wissen, was um mich vorgeht, war mir immer wichtig. Es war die einzige Möglichkeit, wie ich meine Welt in den Griff bekam, ohne daß sie in tausend Stücke zerfiel. Das konnte ich nicht zulassen.«

»Du sprichst, als wäre das alles Vergangenheit. Und doch versuchst du noch immer, mich zu kontrollieren. Oder wie würdest du es nennen, mich auf diese Insel zu verschleppen und mich nicht wieder fortzulassen?«

»Ich weiß nicht?« Er hob spöttisch die Brauen.

»Vielleicht nett oder fürsorglich. Wie würdest du es nennen?«

»Arrogant und überheblich.« Sara erhob sich. »Ich möchte keinen Kaffee mehr. Ich glaube, ich gehe ins Bett. Wenn Cam morgen kommt, verlasse ich die Insel. Sollte er selbst mich nicht mitnehmen – auf dem Boot, das er gechartert hat, gibt es bestimmt ein Funkgerät. Aber ich glaube einfach nicht, daß er auch gegen mich ist.«

»Wenn doch, wird er mit Sicherheit nicht lange bleiben und dich mit dem gerissenen Verführer allein lassen. Das möchtest du doch bestimmt nicht, oder?«

»Du scheinst das alles sehr lustig zu finden. Ich nicht.«

»Oh, lustig finde ich das nicht. Ich bin noch nie ein Freund von schwarzem Humor gewesen.« Langsam stand Jordan auf. »Aber vielleicht ist die ganze Situation für mich nicht ohne eine gewisse Ironie. Du hast mich immer ohne all meine Schutzwälle kennenlernen wollen. Jetzt, wo alles zu Ende ist, und nichts mehr eine Rolle spielt, kann ich mich zeigen, so wie ich bin. Findest du das nicht auch ein wenig bizarr?«

»Ich fürchte, ich verstehe deine Art von kompliziertem Humor nicht.«

»Ich weiß. Meine Art von Humor ist zu freudlos für dich. Zu pessimistisch. Vielleicht bin ja auch ich zu pessimistisch für dich. Irgendwie habe ich das immer gewußt.« Jordan stellte seine Kaffeetasse ab und lächelte schwach. »Du willst das sicher jetzt noch nicht einmal wahrhaben. Ich glaube, mein Pessimismus hat dich immer auch ein Stück angezogen. Ich habe eine Herausforderung für dich dargestellt. Und du hattest Mitleid mit mir, wolltest ein bißchen Licht in mein trübes Dasein bringen, nicht wahr?«

»Nein«, protestierte Sara erschrocken. »So ist das nicht

gewesen. Ich habe dich geliebt und gedacht, du wärst für mich bestimmt.«

»Wirklich? Nun, vielleicht hast du in gewisser Hinsicht recht. Du bist im Leben immer geliebt worden. Du hast mir selbst erzählt, daß du bis zum Tod deiner Eltern ein harmonisches Verhältnis zu ihnen hattest. Du warst immer von guten Freunden umgeben, und du bist so erstaunlich unkompliziert, wenn es um Gefühle geht.« Jordan hielt einen Augenblick inne. Als er weitersprach, klang seine Stimme rauh. »Beneidenswert unkompliziert. Dann bin ich in dein Leben eingetreten, und ich war anders. Niemand mit klarem Verstand würde mich als unkompliziert bezeichnen, und ich konnte dir nicht die liebevolle Zuneigung geben, die du gewohnt warst. Aber ich habe dich begehrt, vom ersten Augenblick an und mit einer Intensität, die dich gleichzeitig erschreckt und gefesselt hat. Du hast gefühlt, daß es mir damals schwer fiel zu lieben und dem wolltest du abhelfen. Du hast eine Herausforderung gesucht und sie in mir gefunden. Du hast damals geglaubt, es dir und der Welt schuldig zu sein, ein bißchen von der Liebe, die dir zuteil geworden ist, an einen ›Bedürftigen‹ weiterzugeben. Vielleicht denkst du einmal darüber nach, wenn du mich dafür verfluchst, daß ich aus dir ein ›willenloses Opfer‹ gemacht habe. Ich habe dich nie gezwungen, zu mir zu kommen, ich glaube, keine zehn Pferde hätten dich damals davon abhalten können, mich zu heiraten.«

Hat er womöglich recht? fragte sich Sara unsicher. Schon immer hatte sie eine Schwäche für finstere, geheimnisvolle Dinge gehabt, und Jordan hatte sie vom ersten Augenblick an fasziniert. »Willst du . . . willst du damit sagen, ich hätte dich benutzt?«

»Nicht bewußt.«

Sie biß sich auf die Unterlippe. »Du mußt dich irren. Ich habe noch nie einen Menschen benutzt.«

Jordan schwieg und sah sie unverwandt an.

»Ich hasse Leute, die andere für ihre Zwecke ausnutzen.«

»Reg dich nicht auf, Sara«, meinte er und lächelte. »Es hat mir nichts ausgemacht, von dir benutzt zu werden.«

Sie schüttelte den Kopf und trat einen Schritt zurück. »Aber ich habe nie . . .« Sie schluckte. »Jordan, ich gehöre nicht zu den Leuten, die andere benutzen.«

»Tun wir das nicht alle auf die eine oder andere Weise?«

Sara sah ihn lange Zeit stumm an. Allmählich sah sie die Dinge in einem anderen Licht. Sie war so sehr damit beschäftigt gewesen, das Rätsel Jordan Bandor zu lösen, daß sie womöglich ihren eigenen selbstsüchtigen Motiven gegenüber blind gewesen war.

»Denk nicht länger darüber nach«, meinte Jordan schließlich. »Es ist alles Schnee von gestern. Geh zu Bett und schlaf.« Auf einmal lächelte er schelmisch. »Letzte Nacht habe ich dich kaum zur Ruhe kommen lassen, nicht wahr?«

Sara spürte, wie ihr eine heiße Röte in die Wangen stieg. Die Erinnerungen überfluteten sie: Der flackernde Schein des Kaminfeuers auf Jordans nacktem Körper, als er in sie eingedrungen war . . . Sein Gesicht, dunkel und voller leidenschaftlicher Intensität über ihr . . .

Unsicher blickte sie ihn an, während sich überall auf ihrer Haut ein seltsames Prickeln bemerkbar machte. Jordan sah so stark aus, so verführerisch . . . Abrupt wandte sie den Blick ab. Nein, sie würde sich nicht wieder von ihm zu irgend etwas hinreißen lassen, was sie später bereuen würde. Woher wußte sie, ob er nicht wieder nur in seine Trickkiste griff, um sie letztendlich für seine Zwecke zu manipulieren? Sie wandte sich ab. »Heute nacht werde ich viel Ruhe haben. Gute Nacht, Jordan.«

»Hoffentlich hast du recht.« Damit drehte er sich um und fing an, das Geschirr zusammenzuräumen.

»Ganz bestimmt habe ich recht«, erwiderte sie ärgerlich. »Ich werde auf der Stelle in tiefen Schlaf fallen!« Dann verließ sie die Küche.

Aber Sara konnte nicht sofort einschlafen. Der Morgen dämmerte schon, als sie endlich aufhörte, über das, was Jordan gesagt hatte, nachzugrübeln, und in eine unruhigen Schlaf fiel.

»Tut mir leid, Kleines«, meinte Cam freundlich. »Diesen Gefallen kann ich dir nicht tun. Ich fürchte, ich werde ohne dich zurückfahren.«

»Ich kann es nicht glauben.« Sara blickte fragend von Cam zu Jordan und wieder zurück. »Du willst Jordan wirklich helfen? Gegen das, was ihr mit mir vorhabt, gibt es Gesetze.«

»Noch hat niemand ein Verbrechen begangen«, stellte Jordan ruhig fest. »Du bist freiwillig hierhergekommen mit der Absicht, für einige Zeit zu bleiben. Dafür, daß du deine Meinung geändert hast, kannst du weder Cam noch mich verantwortlich machen.«

Sara wandte sich an Cam. »Aber ich will weg . . .« Sie brach ab. Cams Miene wirkte anteilnehmend, aber ebenso unerbittlich wie Jordans. Sara spürte, wie ihre Enttäuschung allmählich in Zorn umschlug. »Und ich hatte gedacht, daß ich mich wenigstens auf dich verlassen könnte.«

Cam zuckte die Achseln. »Er ist mein Bruder, und er ist davon überzeugt, daß das, was er tut, richtig ist. Er will wirklich nur dein Bestes, Sara.«

»Du liebe Güte, warum glaubt nur jeder, besser zu wissen als ich, was gut für mich ist?« Sie ballte die Hände zu Fäusten. »Ich allein entscheide, was für mich das Beste ist.«

Keiner der beiden Männer gab ihr eine Antwort.

Wütend blickte sie von einem zum anderen. »Schert euch zum Teufel!« stieß sie zwischen zusammengebissenen Zähnen hervor. »Schert euch beide zum Teufel!« Dann drehte sie sich auf dem Absatz um und lief aus dem Raum. Durch den Flur hindurch eilte sie ins Freie.

Draußen schlug ihr dichter Nebel entgegen, und ein kalter, feuchter Wind ließ sie frösteln, während sie den felsigen Pfad hinauf zum Hügelkamm lief.

»Sara!« Das war Jordans Stimme hinter ihr, aber sie ignorierte ihn. »Sara, bleib sofort stehen! Du kannst nicht auf das Boot, bevor ich . . .« Er brach ab. Sie hörte jedoch an den Schritten hinter sich auf dem steinigen Pfad, daß er ihr weiter folgte.

Das Boot! Als sie aus dem Haus gerannt war, hatte sie keinen festen Plan im Kopf gehabt. Sie hatte einfach nur von den Männern fort gewollt, bevor sie völlig die Beherrschung verlor. Aber sie konnte Cams Boot erreichen . . . Selbst wenn der Zündschlüssel nicht steckte, sie konnte doch über Funk Kontakt mit dem Festland aufnehmen. Dieser Gedanke verlieh ihr neue Kraft und sie rannte so schnell sie konnte auf der anderen Seite den Hügel herab. Durch den Nebel hindurch erkannte sie die weiße Silhouette des Bootes am Pier. Ihr Herz hüpfte vor Freude.

»Sara, nicht . . .«

Die Steine unter ihren Ledersohlen waren feucht und schlüpfrig. Sara glitt aus, fing sich wieder und rannte weiter. Jordan war nähergekommen. Sie konnte seinen keuchenden, unregelmäßigen Atem hinter sich hören.

Schon hatte sie den Strand erreicht. Hier, dicht am Wasser, waren die Steine noch schlüpfriger. Sara lief zu schnell, um anhalten zu können, als sie erneut ausrutschte. Sie verlor das Gleichgewicht und fiel zur Seite, dabei ruderte sie verzweifelt mit den Armen. Das nächste, was sie spürte, war, daß ein scharfer Schmerz ihren Kopf durchfuhr. Ein schier unerträglicher Schmerz. Für einen Augenblick verlor sie das Bewußtsein. Als sie wieder zu sich kam, nahm sie alles um sich herum nur undeutlich wahr.

»Sara.« Jordans Gesicht über ihr war verzerrt vor Angst. »Großer Gott, Sara. Du bist doch nicht etwa verletzt? Sag mir, daß du nicht verletzt bist.«

Warum redete er so dummes Zeug, wenn er doch ganz genau sehen mußte, daß sie verletzt war! »Mein Kopf.«

Vor ihren Augen verschwamm Jordans Gesicht plötzlich. Wie seltsam. Es war wie Zauberei. Aber hat er nicht schon immer magische Kräfte besessen? überlegte sie benommen. Was mach ich eigentlich hier auf diesen feuchten Steinen? war das nächste, was sie dachte. Penny . . . Irgend etwas ist mit Penny . . .

»Sprich mit mir!« Jordans Stimme klang drängend, und er strich ihr mit den Händen über ihre Arme und Beine. »Wo tut es dir weh?«

»Nur in meinem Kopf.« Ihre Augen schlossen sich wie von selbst. »Mir ist so schwindlig.«

»Schlaf nicht ein! Hörst du mich? Du mußt die Augen offenhalten!«

Sein Ton war so befehlend, daß der Ärger, der in Sara aufstieg, ausreichte, sie wachzuhalten.

»Sag was! Ein Gedicht. Irgend etwas.«

Warum benahm er sich so seltsam? Warum verlangte er von ihr so etwas Idiotisches wie das Rezitieren eines Gedichtes? »Ich kann mich an kein Gedicht erinnern!«

»Dann sag ein Kochrezept auf. Oder ein Kinderlied. Irgend etwas muß dir doch einfallen. Komm, mach die Augen auf und sprich mit mir.«

Langsam öffnete Sara die Augen. Sein Gesicht war dicht über ihr. Jordan hatte so ein faszinierendes Gesicht . . . Sein Gesicht bedeutete ihr alles auf der Welt. Warum hatte sie das nicht schon vorher gewußt? Warum kämpfte sie gegen ihn an, wenn sie doch wußte, daß sie nie von ihm loskommen würde? Sie erinnerte sich vage, daß in der Vergangenheit irgend etwas geschehen war, aber sie war viel zu müde, länger darüber nachzudenken. Morgen vielleicht . . .

»Nein! Mach nicht wieder die Augen zu! Sag etwas!«

Es fiel ihr so furchtbar schwer, wach zu bleiben. Und was sollte sie sagen? Ihr fiel weder ein Kochrezept noch ein Kinderlied an. Sie konnte sich nur noch an etwas erinnern, das sie einmal zu Penny gesagt hatte. Vielleicht würde es ihn zufriedenstellen. »Du hast mich betrogen. Warum hast du mich so betrogen?«

Jordan zog scharf den Atem ein. »Großer Gott, Liebling, ich . . .«

Wovon redete sie da zum Teufel? Wer hatte sie betrogen? Was ging eigentlich zwischen ihr und Jordan vor? Sie hatte ihn mit diesen dummen Sätzen eben wohl irgendwie verletzt und mußte jetzt versuchen, alles wieder in Ordnung zu bringen. Aber wie nur? Wieder schlossen sich die Nebel um sie. Verzweifelt kämpfte sie dagegen an, das Bewußtsein zu verlieren. Jordan brauchte sie doch!

Sie spürte seine Hände, die sich wie Schraubstöcke um ihre Schultern schlossen.

»Nein, schließ nicht wieder die Augen! Bitte, Sara.«

Sie hörte ihn nicht mehr.

Als Sara die Augen öffnete, erkannte sie Cam, der ihr zulächelte. »Höchste Zeit, daß du zu uns zurückkommst. Noch einmal vier Stunden, und ich hätte wahrscheinlich noch einen Patienten zu versorgen gehabt. Jordan ist fix und fertig. Er hatte Angst, du würdest ins Koma fallen.«

Sara hob die Hand an ihre schmerzende Schläfe. Der Strand. Sie war gelaufen. Die Steine waren so glatt gewesen. »Ich bin gefallen.«

»Allerdings.« Cam setzte sich in den Schaukelstuhl neben ihrem Bett. »Und hast keinen Ton mehr von dir gegeben. Du bist ein paar Stunden bewußtlos gewesen.« Er drückte ihre Hand. »Keine Angst. Der Arzt meinte, du hättest nur eine leichte Gehirnerschütterung. Du mußt die nächsten vierundzwanzig Stunden noch im Bett bleiben, dann sollte es dir besser gehen.«

»Der Arzt?« Sie setzte sich auf und verzog das Gesicht, als ein scharfer Schmerz ihren Kopf durchzuckte. »Welcher Arzt?«

»Jordan ließ mich über Funk einen Arzt vom Festland holen. Dr. Molsen ist gerade eben gegangen. Jordan bringt ihn noch zum Helikopter.« Cam lächelte. »Wie fühlst du dich jetzt?«

»Als hätte ich einen riesigen Kater.«

»Woher kennst du denn so etwas?« Cam blinzelte ihr

verschmitzt zu. »Ich habe dich noch nie beschwipst erlebt.«

»Das war auch alles vor deiner Zeit. Im College wurden viele Feste gefeiert. Einmal bin ich aufgewacht und hatte solche Kopfschmerzen, daß ich eine Biene, die sich ins Zimmer verirrt und gesummt hat, für einen Hubschrauber gehalten habe . . .« Wieder durchfuhr sie ein stechender Schmerz. Sie ließ sich zurück in die Kissen sinken und schloß die Augen. »Damals habe ich beschlossen, in Zukunft in jeder Beziehung maßvoller zu sein.«

»Da hast du aber viel verpaßt im Leben. Ich persönlich verwöhne mich ab und zu mit einem kleinen Saufgelage.«

Ein kaltes, feuchtes Tuch wurde auf ihre Stirn gelegt, und Sara seufzte vor Erleichterung.

»Besser?« Cam sah sie teilnahmsvoll an.

Sara wagte nicht, den Kopf zu bewegen. »Ja.«

»Der Arzt hat dir eine Spritze gegen die Schmerzen gegeben und dir ein paar Tabletten für die Nacht hiergelassen.« Cam wischte ihr das Gesicht mit einem feuchten Tuch ab. »Du bist bald wieder in Ordnung, Kleines. Bleib noch ein bißchen brav in deinem Bett, dann bist du bald wieder auf den Beinen!«

Einen Augenblick lang herrschte Stille im Zimmer, und man hörte in der Ferne das Geräusch des Helikopters.

»Da fliegt unser Doktor wieder ab. Dann ist Jordan bestimmt auch bald zurück.«

Jordan. Auf einmal versteifte sich Sara. Cam, der das kalte Tuch umdrehen wollte, hielt mitten in der Bewegung inne. »Entspann dich. Jordan wird dich in Ruhe lassen. Er ist womöglich in einer schlimmeren Verfassung als du.«

»Das bezweifle ich«, entgegnete sie trocken. »Ich habe das Gefühl, als würde jedes Geräusch eine Explosion in meinem Kopf verursachen.«

»Dann halte ich besser den Mund.« Cam schwieg eine Weile. »Eins will ich dir noch sagen, Sara. Gib Jordan nicht allein schuld an dem, was geschehen ist. Bitte. Ich weiß, daß er sich auch so schon genügend Vorwürfe macht.«

»Für meinen Sturz mache ich Jordan nicht verantwortlich«, erwiderte Sara erschöpft. »Es war ein Unfall, der auch passiert wäre, wenn ich nicht vor ihm davongerannt wäre. Dieser Sturz ist harmlos gegen das, was ich ihm tatsächlich übelnehme.« Sie wandte den schmerzenden Kopf ab. »Ich möchte jetzt aber nicht länger über Jordan reden. Das bereitet mir mehr Kopfschmerzen als diese Gehirnerschütterung. Außerdem glaube ich, daß ich gleich schon wieder einschlafe.«

»Gut so«, bemerkte Cam weich. »Ein wenig Schlaf würde uns allen gut tun. Irgendwie müssen wir versuchen, aus diesem ganzen Schlamassel herauszukommen. Es gibt bestimmt einen Ausweg.«

»Meinst du? Ich weiß nicht . . .«

Als Sara das nächste Mal die Augen öffnete, lag der Raum in völliger Dunkelheit. Sie konnte den Mann, der neben ihrem Bett im Schaukelstuhl saß, nur schwach wahrnehmen. »Cam?« fragte sie verschlafen.

»Nein.« Jordan beugte sich vor. »Geht's dir besser? Brauchst du irgend etwas?«

»Wasser. Mein Hals ist ganz trocken.« Sara setzte sich unsicher im Bett auf und stellte zu ihrer Erleichterung fest, daß die rasenden Kopfschmerzen verschwunden waren. Sie spürte nur noch einen dumpfen Druck hinter den Augen. »Ich kann mir selbst etwas holen.«

»Ich mach das schon. Bleib du nur still liegen.« Jordans Stimme klang heiser. Er knipste die Nachttischlampe an und schenkte Sara ein Glas Wasser aus der Thermoskanne ein. »Brauchst du eine Schmerztablette?«

»Nein, ich glaube nicht.« Sie nahm das Glas Wasser und trank in durstigen Zügen. »Danke, das hat gut getan. Ich . . .« Sie brach ab, als sie bemerkte, wie erschöpft er zu sein schien. »Hast du etwa die ganze Zeit über kein Auge zugetan? Du siehst aus, als könntest du auch etwas Schlaf brauchen.«

Jordan sah furchtbar mitgenommen und . . . verzweifelt aus. Einen Augenblick lang verspürte Sara Mitleid mit ihm und senkte schnell den Blick, damit er ihr die Anteilnahme nicht an den Augen ablesen konnte. Warum nur wurde sie immer wieder schwach in seiner Gegenwart? Das Kapitel Jordan Bandor sollte endgültig für sie abgeschlossen sein. »Warum gehst du nicht ins Bett? Ich brauche dich hier nicht.«

Er lächelte freudlos und nahm ihr das leere Glas ab. »Ich weiß. Aber ich brauche es, hier zu sein. Ich verspreche dir, dich nicht zu belästigen. Ich bleibe nur hier sitzen und passe auf dich auf. Okay?«

Sara runzelte die Stirn. »Nein, das ist nicht okay. Mir geht's gut, und ich brauche weder Hilfe noch jemanden, der über mich wacht. Geh ins Bett!«

Jordan stand auf und betrachtete sie lange. Dann wandte er sich zu ihrer Überraschung ab. »Also gut, ich lasse dich allein. Ich kann es dir weiß Gott nicht verübeln, wenn du mich nicht in der Nähe haben willst.« Er knipste die Nachttischlampe aus. »Ruf mich, wenn du irgend etwas brauchst.«

Sara sah ihm nach, wie er langsam zur Tür ging. Es war ungewöhnlich für Jordan, so schnell nachzugeben, und daß er es getan hatte, beunruhigte sie. »Jordan?«

»Ja.«

»Cam sagt, du fühlst dich für meine Verletzung verantwortlich«, erklärte sie atemlos. »Du sollst wissen, daß ich nie angenommen habe, daß du mir etwas zuleide tun wolltest.«

»Es ist sehr nett von dir, daß du das sagst.« Seine Worte klangen seltsam leer. »Aber das, was geschehen ist, war allein meine Schuld.«

Aus irgendeinem Grund wünschte sie sich verzweifelt, ihn trösten zu können. Wo waren ihr Zorn und ihre Bitterkeit geblieben?

Jordan öffnete die Tür und für einen Moment hob sich seine Gestalt gegen das Dämmerlicht aus dem Flur ab. Er hielt sich sehr aufrecht, und sein Gang war steif, so als sei in seinen Beinen kein Gefühl mehr. Gleich darauf schloß sich hinter ihm die Tür.

So viel Schmerz! Selbst als Jordan den Raum verlassen htte, spürte Sara noch die Qual, die er ausgestrahlt hatte. Und ihr war plötzlich, als hätte mit Jordan ein Teil ihrer selbst das Zimmer verlassen. Sein und ihr Schicksal war unlösbar miteinander verbunden, dessen war sie sich plötzlich ganz sicher.

Sara legte langsam den Kopf zurück auf das Kissen, konnte jedoch nicht einschlafen. Sie war zu beeindruckt, zu überwältigt von der plötzlichen Erkenntnis, die über sie gekommen war. Sie mußte darüber nachdenken, sich fragen, was diese Entdeckung für ihr Leben, ihre Zukunft bedeuten konnte.

Und dann mußte sie eine Entscheidung treffen.

Cam erhob sich von der Couch und ging zur Tür, als er Jordans Schritte auf der Treppe hörte. Forschend sah er seinem Bruder ins Gesicht, als er näher kam. »Ist sie aufgewacht?«

Jordan nickte. »Anscheinend geht's ihr wieder gut.« Er lächelte bitter. »So gut, wie es einem nach einem solchen Sturz gehen kann.«

»Es war ein Unfall«, bemerkte Cam fast unwillig. »Du tust gerade so, als hättest du ihr eins über den Schädel gegeben.«

»Kommt es nicht auf dasselbe hinaus? Fast wäre sie meinetwegen vielleicht sogar gestorben. Wie sehr habe ich gehofft, diesmal wäre alles anders. Ich habe gehofft, ich könnte ihr Sicherheit bieten.«

»Diesmal *ist* alles anders.« Impulsiv trat Cam einen Schritt auf ihn zu. »Vergiß Bandora! Wenn es, was Bandora angeht, überhaupt eine Schuld gibt, dann trifft sie deinen Vater und nicht dich.«

»Nein, auch damals bin ich verantwortlich gewesen. Genau wie jetzt.«

»Jordan, verdammt, hör auf, dir die Schuld für alles Unglück der Welt zu geben!« Cam preßte die Lippen fest aufeinander. Der Kampf, den er schon seit langem vergeblich führte, schien noch aussichtsloser geworden zu sein. Er hätte wissen müssen, daß sein Bruder nach Saras Unfall noch starrsinniger sein würde. Aber er wollte nicht aufgeben. »Du irrst dich, und eines Tages wird es mir gelingen, dich davon zu überzeugen.«

Jordan schüttelte den Kopf. »Danke für deine Bemühungen, Cam.« Er stieg die letzten Treppenstufen hinunter und ging durch die Halle zur vorderen Eingangstür. »Ich gehe noch etwas spazieren.«

Verwundert sah Cam ihn an. »Mitten in der Nacht?«

»Ich muß irgend etwas tun.« Jordan riß die Tür auf. »Irgend etwas. Bleib bitte wach – vielleicht braucht Sara noch etwas.« Er lächelte bitter. »Womöglich erleidet sie einen Rückfall, wenn ich noch einmal ihr Zimmer betrete. Sie hat mir klar zu verstehen gegeben, daß sie mich nicht bei sich haben will. Wer könnte es ihr auch verübeln?«

»Ich passe auf sie auf. Sei vorsichtig unten am Strand. Noch einen Unfall können wir uns nicht leisten.«

»Das wäre doch kein großer Verlust.« Jordan warf einen resignierten Blick zurück. Dann lächelte er traurig. »Keine Sorge, Cam. Ich zerstöre nur andere, niemals mich selbst!«

»Sei nicht so hart zu dir, Jordan!«

Jordan zuckte nur die Achseln und schlug die Tür hinter sich zu.

8

»Du siehst viel besser aus.« Cam lächelte erfreut, als Sara die Treppe herunterkam. »Keine Kopfschmerzen mehr?«

Sara schüttelte den Kopf. »Ich fühle mich gut. Wo ist Jordan?«

Ein Anflug von Überraschung erschien auf Cams Gesicht. »Also diese Frage hätte ich nicht von dir erwartet. Möchtest du das wissen, weil du ihn sehen oder weil du ihm aus dem Weg gehen möchtest?«

»Ich will ihn sehen«, erklärte Sara kurz. »Jetzt gleich! Wo ist er?«

»Unten am Boot. Er bemüht sich um Funkkontakt mit Penny Lassiters Apartment in San Francisco.« Cam runzelte die Stirn. »Sieh mal, Jordans Gefühle sind heute morgen etwas durcheinander. Könntest du mit deinen Anschuldigungen nicht warten, bis . . .«

»Warum ist er durcheinander?« unterbrach ihn Sara. »Seine Reaktion auf meinen Sturz kommt mir sowieso reichlich übertrieben vor.«

Cam zögerte. »Jordan ist eben sehr kompliziert.«

»Das hat er mir ja auch schon gesagt. Er glaubt, das ist der einzige Grund dafür, daß er mich so fasziniert.«

»Und? Hat er recht?«

Ein plötzliches Lächeln erhellte Saras Miene. »Vielleicht. Jedenfalls am Anfang unserer Beziehung.«

»Aber jetzt nicht mehr?«

»O nein«, erwiderte sie weich. »Jetzt nicht mehr.«

Cam betrachtete prüfend ihr Gesicht. Ihre Wangen hatten sich leicht gerötet, und in ihren Augen lag ein neuer Glanz. »Du bist anscheinend nicht mehr wütend. Hat der Schlaf dazu beigetragen, daß du deine Meinung geändert hast?«

»Ich habe über einiges nachgedacht.« Sara ging zur Tür. »Und ich habe ein paar Entscheidungen getroffen.«

»Sara.«

Sie warf einen Bick zurück und bemerkte zu ihrer Überraschung, daß Cam besorgt aussah. »Was ist los?«

»Du hast vor, deine Probleme mit Jordan zu klären, oder?«

»Warum ziehst du so ein langes Gesicht? Ich dachte, das ist doch auch in deinem Sinn.«

»Natürlich.« Cam zögerte. »Es ist nur . . . Vielleicht ist es zu spät.«

Unvermittelt fröstelte Sara. »Was meinst du damit?«

»Es gibt eine Menge Dinge, die du über Jordan nicht weißt«, stellte Cam ruhig fest. »Und dieser Unfall gestern abend hat ein Gespenst in ihm wieder aufleben lassen; die Erinnerung an ein altes Trauma wieder aufgefrischt.«

»Gespenst, Trauma! Zum Teufel, Cam, was sollen diese Rätsel? Hast du eine Ahnung, warum ich so wenig über Jordan weiß?« fragte Sara erregt. »Weil niemand mir etwas sagen will! Er ist immer ein großes Geheimnis für mich gewesen, und wenn ich etwas über ihn herausfinden wollte, bin ich gegen Wände gelaufen. Vielleicht könntest du so nett sein, mich endlich ein wenig aufzuklären, anstatt nur diese Andeutungen zu machen!«

Cam strich sich mit einer fahrigen Bewegung die Haare zurück. Hob die Arme und ließ sie wieder sinken. »Das kann ich nicht. Ich bin nicht auf Bandora gewesen, als es geschah, und alles, was mir Jordan später erzählt hat, darf ich niemandem sagen. Ich habe es geschworen.«

»Um Himmels willen, Cam! Ich bin seine Frau!«

Cam schüttelte den Kopf. »Ich habe ihm versprochen, niemandem etwas zu erzählen. Du mußt ihn schon selber fragen.«

»Du bist genauso stur wie er!« Sara hastete die letzten Schritte durch den Flur und riß die Tür auf. »Ich werde Jordan fragen und auch ein paar Antworten bekommen!«

»Hoffentlich«, murmelte Cam, als die Tür hinter ihr zuschlug. »Hoffentlich, Kleines.«

»Jordan.« Sara befeuchtete nervös ihre Lippen mit der Zunge. Sie war viel zu aufgeregt. Als sie heute morgen aufgewacht war, war sie zuversichtlich gewesen, mit Jordan ins reine kommen zu können, wenn sie nur mit ihm sprach, und jetzt hatten Cams Worte ihre ganze Zuversicht zerstört. Sie trat einen Schritt näher an das weiße Schiff heran. »Jordan! Ich bin es, Sara!«

Jordan trat aus der Kabine und sah sie an. »Warum bist du aufgestanden? Zum Teufel, du trägst nicht einmal einen Mantel. Willst du dir auch noch eine Lungenentzündung holen?« Mit wenigen großen Schritten sprang er über das Deck auf die Planken, die an Land führten. Dabei zog er sich seine Jeansjacke aus. Bei Sara angelangt, legte er ihr die Jacke um die Schultern. »Wenn du mich sehen wolltest – warum hast du dann nicht Cam nach mir geschickt?« Er steckte erst ihren rechten, dann ihren linken Arm in die Jacke und knöpfte sie zu. »Oder wolltest du etwa wieder mit dem Boot fliehen? Ich lasse dich nicht fort, Sara. Es gibt keine Möglichkeit . . .«

»Sei bitte einen Augenblick still!« bat sie ihn ärgerlich. »Zu allererst einmal – ich brauche deine Jacke nicht. Der Sweater, den ich anhabe, ist dick genug, einen Eskimo in der Antarktis zu wärmen.« Mir ist nicht kalt, mir ist im Gegenteil sogar sehr heiß, fügte sie im stillen hinzu. Jordan stand nur einen Schritt von ihr entfernt, und wie immer erregte sie allein seine Nähe. Der oberste Knopf seines blauen Sporthemdes stand offen, und sie konnte die dunklen Haare auf seiner Brust sehen.

Auf einmal verspürte sie ein unwiderstehliches Bedürfnis, ihn zu berühren, mit ihren Fingern durch das lockige Haar zu fahren. Sie riß ihren Blick von seiner Brust los und versuchte sich an das zu erinnern, was sie ihm sagen wollte. »Cam meint, der Arzt hätte dir versichert, daß ich in vierundzwanzig Stunden wieder völlig in Ordnung bin. Der Arzt hatte recht – ich fühle mich schon wieder ganz wohl.«

Jordan öffnete den Mund zu einer Entgegnung, aber

Sara legte ihm den Zeigefinger auf die Lippen, um ihn daran zu hindern, etwas zu sagen. »Ich bin auch nicht hergekommen, um mit dem Boot zu fliehen. So, da wir das abgehandelt haben – kann ich dir bitte endlich sagen, warum ich hier bin?«

Jordan antwortete nicht. Sara stellte fest, daß ihre Finger zitterten. Sie ließ die Hand sinken und lachte unsicher. »Hast du Penny erreichen können?«

»Hat Cam dir davon erzählt, daß ich das versuchen wollte?« Er lachte kurz auf. »Das war eine dumme Frage, glaube ich. Außer Cam ist ja niemand hier. Was die Antwort angeht: Nein, ich habe Penny nicht erreicht. Irgend etwas scheint mit dem Funkgerät nicht in Ordnung zu sein. Dir wird es also kaum gelingen, über Funk einen Notruf auszusenden.«

»Habe ich auch nur ein Wort darüber verloren, daß ich um Hilfe rufen will? Und an Penny würde ich mich schon gar nicht wenden. Für mich hat sie eindeutig bewiesen, auf welcher Seite sie in dieser ganzen unerfreulichen Angelegenheit steht.« Sara steckte die Hände tief in die Taschen der Jeansjacke. »So, hörst du mir jetzt endlich einmal zu?«

»Natürlich.« Er wandte den Blick von ihr und sah aufs Meer hinaus. »Sag, was du willst und geh dann zurück ins Haus! Da ist es wärmer.«

»Ich sagte dir doch schon . . .« Sara hielt inne. Auf einmal fühlte sie, daß Jordan jetzt wohl Vorwürfe und Anschuldigungen erwartete. Um seinen Mund lag ein bitterer Zug, alles an ihm drückte Abwehr aus. Eine Welle von Zärtlichkeit erfaßte sie. »Ich habe nicht vor, die Insel zu verlassen, Jordan. Ich will nicht mehr fliehen.«

Als einzige Reaktion auf ihre Worte verstärkte sich seine Anspannung. »Natürlich nicht.«

»Ich meine es ernst, Jordan, bitte! Sieh mich an!«

Zögernd glitt sein Blick über ihr Gesicht. »Dies hier ist kein Spiel, Sara! Ich lasse dich fort, sobald du sicher bist. Aber versuch nicht . . .«

»Sei still!« Mit beiden Händen umschloß sie sein Gesicht. »Du könntest mich nicht einmal mehr zwingen, die Insel zu verlassen. Ich bleibe. Ist das klar?«

»Nein.« Seine Miene war ausdruckslos. »Das ist mir überhaupt nicht klar.«

»Dann will ich versuchen, es dir zu erklären.« Sara holte tief Luft. Sie hätte ihn nicht berühren dürfen, denn seine Wärme zu spüren, brachte sie fast um den Verstand. Sie wünschte, sie hätte diese Aussprache schon hinter sich, um sich endlich in Jordans Arme schmiegen zu können. Wenn er sie überhaupt noch wollte. Himmel, was wäre, wenn er sie jetzt ablehnte? Jordans Gesichtsausdruck war völlig emotionslos, und Cams Worte hatten so entmutigend geklungen. Sara schloß für einen Moment die Augen. »Ich möchte noch einmal versuchen, mit dir zu leben«, sagte sie dann leise. »Ich habe über alles nachgedacht und . . .« Sie brach ab und biß sich auf die Unterlippe. Das hier erwies sich als viel schwerer, als sie es sich vorgestellt hatte.

Jordans Miene verriet immer noch keinerlei Gefühlsregung, aber Sara spürte, daß er überrascht war. »Warum?«

»Ich glaube, unsere Ehe hat noch eine Chance.«

Er lächelte verzerrt. »Habe ich das nicht schon mal irgendwo gelesen oder gehört? Vielleicht in einem alten Hollywood-Film?«

»Ich habe so vieles nicht verstanden«, fuhr Sara unbeirrt fort. »Ich konnte dich nicht verstehen und mich selbst auch nicht. Ich muß immer noch eine Menge dazulernen, aber ich glaube, ich bin auf dem besten Weg dazu.«

Jordan trat einen Schritt zurück, so daß Sara ihre Hände von seinem Gesicht lösen mußte. »Nein!« sagte er hart, beinahe schroff. »Du weißt ja nicht, wovon du redest! Wahrscheinlich hast du deine Meinung geändert, weil du dich nicht länger als Märtyrerin sehen zu können glaubst. Du hast dir in dieser Rolle gefallen, nicht wahr? Der holde Engel, der einem armen Teufel zeigt, was Liebe ist, auch wenn dabei das eigene Glück auf der Strecke bleibt. Jetzt haben wir die Rollen getauscht, und ich sehe eher aus wie ein Märtyrer. Du glaubst, mir noch einmal eine Chance schuldig zu sein.«

»Ich halte dich nicht für einen Märtyrer.« Mühsam wahrte Sara ihre Geduld. »Im Augenblick jedoch benimmst du dich wie ein starrsinniger Dummkopf. Hör mir bitte gut zu, Jordan: Ich bin dir eine Menge schuldig – jedoch nicht, daß ich zu dir zurückkomme und mit dir lebe, nur um irgend etwas wiedergutzumachen. Ich müßte ja vollkommen verrückt sein, wenn ich einem solchen idiotischen Märtyrerkomplex gehorchen würde.«

»Nicht unbedingt. Du begehrst mich immer noch, und das versüßt dir die bittere Pille.«

Sara schluckte. Sie hätte wissen müssen, daß Jordan die Erregung, die sie wie immer in seiner Nähe erfaßt hatte, nicht verborgen geblieben war. »Ja, es versüßt uns beiden die bittere Medizin, nicht wahr?« Jordan erwiderte nichts, und Sara spürte einen Anflug von leichter Panik. »Oder siehst du alles auf einmal ganz anders, Jordan? Willst du mich nicht mehr?«

In seiner Wange zuckte ein Muskel. »Du weißt genau, wie verrückt ich nach dir bin«, entgegnete er rauh. »Das

Verlangen nach dir bringt mich fast um. Ich habe nie aufgehört, mich nach dir zu sehnen. Es ist wie ein Fieber.«

»Mir geht es doch genauso«, erklärte Sara weich und trat einen Schritt auf ihn zu. »Aber uns verbindet viel mehr. Du selbst hast einmal versucht, mir das zu sagen, aber damals habe ich das nicht verstanden.«

»Und jetzt glaubst du, daß du das alles klarer siehst?«

Sie trat noch einen Schritt näher. »Ich glaube das nicht – ich weiß es. Vergangene Nacht wurde mir klar, daß ein Leben mit dir besser ist als ein Leben ohne dich – gleichgültig, wie viele Probleme und Schwierigkeiten es mit sich bringt.« Sie lächelte mit bebenden Lippen. »Es ist erstaunlich, wie diese Gehirnerschütterung alles in meinem Kopf gerade gerückt hat.«

Jordan wurde eine Spur blasser. »Mach dich darüber nicht lustig! Ich hätte dich beinahe umgebracht«, stieß er gepreßt hervor.

»Du hast nichts dergleichen getan.« Sara zog die Brauen zusammen. »Es war ein Unfall, ein unglücklicher Augenblick. Ich bin auf den Steinen ausgerutscht und sonst nichts.«

Jordan wandte sich ab. »Geh zurück zum Haus!« Damit ging er über den Pier zurück und betrat den Steg, der zum Schiff führte. »Hat Cam dir das Frühstück gebracht?«

»Nein, wieso sollte er auch?« Verwundert starrte Sara ihn an. »Wenn ich hungrig gewesen wäre, hätte ich mir schon selbst etwas zu essen gemacht. Darüber brauche ich mit dir jetzt nicht zu diskutieren. Wo, zum Teufel, gehst du hin? Ich will mit dir reden.«

»Wir haben bereits miteinander gesprochen«, entgegnete er abweisend. »Es gibt nichts mehr zu sagen.«

»Du bleibst auf der Stelle stehen, Jordan Bandor!« Saras Stimme zitterte. »Ich will eine Antwort – und du wirst sie mir geben.«

Jordan blieb stehen, drehte sich jedoch nicht nach ihr um. »Du kennst meine Antwort.«

Augenblicklich überwältigte sie ein schier unerträglicher Schmerz. Sie konnte kaum fassen, daß es überhaupt einen so großen Schmerz gab, ohne körperlich verletzt worden zu sein. »Also ist deine Antwort nein?«

»So ist es.«

Sara schluckte. »Warum?«

»Ich habe dir doch schon einmal gesagt, daß ich nicht riskiere . . .« Jordan brach ab. »Geh und bitte Cam, dir etwas zum Frühstück zuzubereiten.« Ohne ein weiteres Wort verschwand er in der Kajüte.

Er hatte nicht ausdrücklich gesagt, daß er sie nicht liebte. Und er begehrte sie noch. Daran klammerte sich Sara wie an einen Strohhalm. Die Verzweiflung drohte ihr aber trotzdem schwindelig werden zu lassen. Jordan hatte nur gesagt, daß er sich vor dem Risiko fürchtete. Vor welchem Risiko nur? fragte sie sich verständnislos. Sie ging einen Schritt auf das Boot zu, blieb dann jedoch stehen.

Es hatte keinen Zweck, Jordan nachzulaufen und zur Rede zu stellen, wenn sie nicht einmal wußte, wonach sie ihn eigentlich fragen mußte. Aber sie würde nicht aufhören, um das, was sie von ihm wollte, zu kämpfen. Dieser Unsinn mußte endlich aufhören.

Sara machte auf dem Absatz kehrt. Bald darauf stieg sie mit raschen Schritten den Hügel hinauf zur Hazienda.

Die Haustür wurde mit solcher Kraft aufgestoßen, daß sie krachend gegen die Wand schlug. Überrascht blickte Cam von seiner Zeitschrift auf. Sara stolzierte hocherhobenen Hauptes ins Zimmer.

Als er ihr Gesicht sah, pfiff er leise durch die Zähne. »Ärger?«

»Allerdings.« Sara knallte die Tür hinter sich zu, ging quer durch den Raum zu dem Sofa neben dem Kamin in einem bequemen Ohrensessel saß, und ließ sich darauf fallen. »Was kannst du anderes erwarten, wenn die Welt voll ist von sturen, idiotischen Männern?! Aber ich habe die Nase gestrichen voll. Du wirst mir jetzt alles mitteilen, was ich wissen muß – und wenn ich es aus dir herausprügele!«

»Meine Güte, sind wir heute morgen gewalttätig!« Cam warf die Zeitschrift auf den niedrigen Tisch neben seinem Sessel. »Jordan hat sich wohl nicht sehr kooperativ gezeigt.«

»Jordan war genauso stur wie du. Er wollte nicht mit mir reden.« Sara stellte fest, daß ihr die Tränen in die Augen traten. Schnell blinzelte sie sie weg. »Das tut mir weh, Cam. Vielleicht habe ich nichts anderes verdient – aber es tut trotzdem weh.«

»Nein, das hast du nicht verdient.« Cams dunkle Augen schimmerten warm vor Anteilnahme. »Bestimmt nicht.«

»Dann sprich mit mir!« forderte Sara ihn auf. »Was ist auf Bandora passiert?«

Er zögerte. »Ich habe doch versprochen, kein Wort darüber zu verlieren, Sara. Bitte versteh mich doch!« Sein Blick glitt über Saras verzweifeltes Gesicht. »Oh, zum Teufel! Sieh mich nicht so an! Ich bin doch kein Unmensch!« Plötzlich lächelte er. »Na ja, ich kann immer behaupten, du hättest mich bedroht. Wolltest du mich nicht prügeln?«

Sara richtete sich auf der Couch auf und beugte sich vor. »Ich muß es wissen, Cam«, sagte sie ernsthaft.

»Ja, ich glaube, du hast recht«, entgegnete Cam schlicht. »Was soll ich dir erzählen?«

»Du hast gesagt, Jordan hat Angst. Wovor fürchtet er sich?«

»Vor dem Tod.« Cams Stimme klang ruhig. »O nein – nicht vor seinem eigenen. Ich glaube, er hat Angst davor, dich umzubringen.«

Erschrocken riß Sara die Augen auf. »Das ist doch Unsinn. Während unseres Zusammenlebens hat er mich immer wie in Watte gepackt. Ich konnte doch kaum atmen . . .« Sie hielt inne. Auf einmal dämmerte ihr die Erkenntnis. »Himmel, das ist es, nicht wahr?«

Cam nickte langsam. »Er hat dich in einen goldenen Käfig gesteckt, um dich am Davonlaufen zu hindern. Du solltest nicht irgendwohin verschwinden, wo er dich nicht mehr hätte beschützen können. Er muß dich nämlich beschützen, Sara. Die Gründe dafür liegen weit zurück in seiner Vergangenheit.«

»Hängt es mit . . . mit Bandora zusammen?«

Cam zögerte, dann nickte er wieder. »Ja, alles hat seinen Ursprung auf Bandora. Wieviel weißt du eigentlich über die Farm?«

»Wenig. Jordan hat mir nur berichtet, daß er und sein Vater diesen Ort geliebt haben.«

»Jordans Vater hat die Farm abgöttisch geliebt. Und er hat Jordan dazu erzogen, ähnlich zu fühlen.« Cam blickte auf den grobgewebten, bunten Flickenteppich zu seinen Füßen. »Der australische Busch kann ganz schön grausam und gottverdammt verlassen sein. Entweder liebst du ihn, oder du haßt ihn. Jordan und sein Vater haben ihn geliebt. Jordans Mutter hat ihn gehaßt.« Cam zuckte die Achseln. »Wer hätte es ihr verübeln können? Sie war ein Großstadtkind aus Adelaide, und Jordans Vater ließ sie einen Großteil der Zeit allein auf der Farm, als er mit der Organisation der Touristenexpeditionen in den Busch begann. Seit Jordans frühester Kindheit war sein Vater das Wichtigste in seinem Leben. An zweiter Stelle kam Bandora. Nicht, daß Jordan seine Mutter nicht geliebt hätte. Es gab einfach nicht genug Raum für sie.«

Sara fröstelte. »Das muß furchtbar für sie gewesen sein. Sie hatte doch niemanden, mit dem sie hätte reden können. Wie allein sie sich gefühlt haben muß.«

»Ja, sie war einsam und unglücklich.« Cam schwieg eine Weile, dann fuhr er fort: »Aber dafür war Jordans Vater verantwortlich, nicht Jordan.«

»Natürlich nicht. Er war ja noch ein Kind.«

»Jordan sieht das anscheinend anders. Er glaubt, er hätte sehen müssen, wie depressiv seine Mutter war. Er ist davon überzeugt, daß er etwas tun, sie hätte retten können.«

Saras Hand umklammerte die Lehne der Couch. »Sie retten?«

Cam hob den Kopf und sah ihr in die Augen. »Drei Tage, bevor Jordan und sein Vater wieder einmal von einer Expedition zurückerwartet wurden, fuhr sie mit einem Jeep in den Busch und kehrte nicht mehr zurück. Die Suchmannschaften fanden ihre Leiche nach sieben Tagen in dem Jeep. Sie hatte kein Wasser mitgenommen und war vor Hitze und Durst gestorben.«

»O nein«, flüsterte Sara. »Konnte es kein Unglück gewesen sein?«

Cam schüttelte den Kopf. Sie hatte auf der Farm einen Abschiedsbrief hinterlassen.«

Als seine Mutter starb, ist Jordan erst zwölf gewesen, erinnerte sich Sara. Bei dem Gedanken daran, wie verzweifelt und voller Schuldgefühle er gewesen sein mußte, fühlte sie sich ganz krank. »Was für ein Alptraum für Jordan!«

Cam nickte. »Als man die Leiche seiner Mutter fand, verlor er beinahe den Verstand. Verdursten ist nicht gerade ein schöner Tod.«

»Sein Vater hat ihn mit in den Busch genommen? War er dabei, als seine Mutter gefunden wurde?« fragte Sara entsetzt.

»Auf Bandora hielt man Jordan für einen erwachsenen Mann.« Cam preßte die Lippen zusammen. »Nachdem sie seine Mutter gefunden hatten, rannte Jordan davon und kehrte erst nach acht Tagen nach Bandora zurück. Er hat niemandem erzählt, wo er sich in dieser Zeit rumgetrieben hat oder was mit ihm geschehen ist.«

»Aber er war doch noch ein Kind!« protestierte Sara und kämpfte mit den Tränen. »Man hätte verhindern müssen, daß er seine Mutter so sah. Irgend jemand hätte sich doch um ihn kümmern müssen!«

»Jordans Vater war ein harter Mann«, erklärte Cam. »Und er ist mit Jordan nie zimperlich umgegangen. Ich glaube nicht, daß er auch nur einen Gedanken daran verschwendet hat, was der Anblick der toten Mutter bei Jordan gefühlsmäßig auslösen könnte. Die harten Maßstäbe, die er an sich selbst anlegte, galten auch für seinen Sohn.«

»Und wie hat Jordans Vater den Tod seiner Frau verkraftet?«

»Er hat sich nie anmerken lassen, wie nahe ihm die

Sache gegangen ist. Ein Jahr darauf hat er meine Mutter geheiratet.« Cam verzog den Mund. »Sie brachte genügend Geld mit in die Ehe, um ihn seine Trauer vergessen zu lassen und Bandora zu der Musterfarm auszubauen, von der er immer geträumt hat.«

»Wie schön!« stellte Sara bitter fest.

»Für Jordan jedoch war es zu spät. Er hielt es nicht länger auf Bandora aus. Wir wurden beide nach Melbourne ins Internat geschickt. Danach reisten wir eine Weile durch die Welt. Als Jordans Vater starb, kehrte meine Mutter nach Marasef zurück, und Jordan verkaufte Bandora. Wir gründeten unser Unternehmen und erstanden unser erstes Hotel in Sydney. Vier Jahre später kaufte Jordan Half Moon Bay.« Cam lehnte sich in seinem Sessel zurück. »So, jetzt kennst du die ganze Geschichte. Hilft es dir wenigstens, Kleines?«

»Ja.« In Saras Augen glitzerten immer noch Tränen. »Aber es hätte mir noch mehr geholfen, wenn mir jemand das alles erzählt hätte, als ich Jordan kennenlernte. Ich hätte so vieles verstehen können.« Jordans Wachsamkeit, sein Drang, sie auf Schritt und Tritt zu bewachen und zu beschützen. Sara stand auf. »Aber besser später als überhaupt nicht. Danke, Cam.«

Auch Cam erhob sich und verbeugte sich mit gespielter Galanterie vor ihr. »Es war mir ein Vergnügen, schöne Frau. Aber denk daran: Du hast mich mit furchtbaren Drohungen dazu gezwungen, dir das alles zu erzählen.«

»Ich werde daran denken. Keine Sorge. Darf ich dich noch um einen anderen Gefallen bitten?«

Er sah sie argwöhnisch an.

»Geh runter zum Pier und bitte Jordan, zurück ins Haus zu kommen. Ich möchte mit ihm reden.« Sara lächelte matt. »Du wirst all deine Überredungskünste einsetzen müssen, ihn dazu zu bewegen, herzukommen. Mir hat er eben unmißverständlich zu verstehen gegeben, daß er keine weiteren Gespräche mit mir wünscht. Wahrscheinlich will er mich auch im Grunde gar nicht mehr sehen . . .«

»Da geht er aber ganz schön hart mit sich um.«

»Genau das ist sein Fehler.« Sara drehte sich um und ging mit festen Schritten zur Treppe. »Ich versuche mein Bestes, ihn zur Vernunft zu bringen. Wenn er nicht mitmacht, zeige ich ihm, was in mir steckt und zu was ich alles fähig bin.«

Cam sah sie erschrocken an, dann grinste er breit. »Das kann ich mir gut vorstellen.« Während er zur Haustür hinausging, fing er an, leise zu pfeifen.

Jemand klopfte an Saras Schlafzimmertür, dann wurde die Tür geöffnet, und Jordan trat ein. »Cam sagte, es geht dir nicht so gut. Habe ich dir nicht geraten, im Bett zu bleiben? Soll ich über Funk den Arzt rufen?«

»Ich fühle mich wohl.« Sara wandte sich vom Fenster ab und blickte ihn an. »Ich wollte dich nur sehen.«

Jordans Miene nahm einen wachsamen Ausdruck an. »Vielleicht sollte ich mir Cam einmal vorknöpfen. Ich habe keine Lust, mich von ihm auf den Arm nehmen zu lassen.«

»Cam hat mit den, was ich dir zu sagen habe, nichts zu tun. Ich habe ihn lediglich gebeten, dich herzuholen. Wenn ich dich gerufen hätte, wärst du doch nicht gekommen, oder?« Sara lächelte. »Und ich denke, es ist nur fair, wenn ich dir noch eine letzte Chance gebe. Bevor mein Plan in Kraft tritt.«

Jordan runzelte die Stirn. »Wovon, zum Teufel, redest du eigentlich?«

»Das wirst du bald wissen«, entgegnete sie, krampfhaft bemüht, ernst zu bleiben. »Aber zuerst mein Angebot. Läßt du mich zu dir zurückkehren, so daß wir versuchen können, unsere Ehe zu kitten?«

Jordan biß die Zähne fest zusammen. »Ich kann nicht.«

»Natürlich kannst du. Das wirst du schon sehen.« Sara lächelte ihm freundlich zu. »Aber ich verstehe, daß du mit all dem Probleme hast. Noch eine Frage – die Preisfrage. Liebst du mich?«

Eine Weile herrschte Schweigen.

»Ja«, erwiderte Jordan schließlich mit belegter Stimme. »Großer Gott, ja, ich liebe dich.«

»Gut.« Erleichtert atmete Sara tief aus. Ihr war gar nicht bewußt gewesen, daß sie den Atem angehalten hatte. »Das vereinfacht die Angelegenheit.«

»O nein, da irrst du dich! Ich hätte dich beinahe umgebracht«, stellte Jordan unwirsch fest. »Und das ganze Fiasko mit Kemp wäre auch nie entstanden, wenn du dich, nachdem ich dir das Leben zur Hölle gemacht habe, nicht wie verbissen in deine Arbeit gestürzt hättest. Und dann, als ich versucht habe, alles wieder in Ordnung zu bringen, hätte ich dich beinahe getötet. Du hättest dir Gott weiß was antun können, als du mit dem Kopf auf die Steine aufgeschlagen bist. Nein, ich bringe dir offensichtlich Unglück, und deshalb müssen wir uns trennen.«

»Du denkst nicht gerade logisch.« Sara lächelte. »Ich hatte ja keine Ahnung, was für ein Dickschädel du bist. Wahrscheinlich muß ich etwas frischen Wind durch deinen Kopf blasen, um all die Spinnweben zu vertreiben.«

Jordan wandte sich zur Tür.

»Jordan.« Saras Stimme klang sanft aber bestimmt. »Ich bin nicht deine Mutter.«

Er erstarrte. »Cam scheint ein großes Mundwerk zu haben.«

»Du hättest es mir selbst erzählen müssen.«

Jordan sah sie nicht an. »Was hätte ich dir denn erzählen sollen? Daß ich meine eigene Mutter umgebracht habe?«

»Du hast sie nicht getötet. Sie hat sich selbst das Leben genommen.«

»Nein. Ich hätte es wissen müssen. Ich hätte die Anzeichen wahrnehmen und sie retten müssen.«

»Du bist nicht für den Tod deiner Mutter verantwortlich«, erwiderte Sara. »Erwachsene tragen selbst die Verantwortung für das, was sie tun. Deine Mutter hätte ja auch deinen Vater verlassen und irgendwo anders ein neues Leben beginnen können.«

»So wie du?« fragte er bitter. »Und dann bin ich dir gefolgt und du wärst beinahe . . .«

»Jordan!« Sara hatte Mühe, ihre Selbstbeherrschung zu wahren. »Ich bin froh, daß du mir gefolgt bist. Sonst hätte mir für den Rest meines Lebens etwas sehr Wichtiges gefehlt.«

Jordan starrte immer noch auf die Schlafzimmertür. »Du hattest schon immer ein weiches Herz. Aber Mitleid ist hier am allerwenigsten angebracht.«

»Und du hattest offenbar schon immer einen schwachen Verstand«, entgegnete Sara ärgerlich. »Hier geht es doch nicht um Mitleid! Ich liebe dich.«

Seine Hand schloß sich um die Türklinke. »Du hast gesagt, es war ein Irrtum.«

»Ich hatte unrecht.«

»Nein, du hattest ganz recht.« Jordan öffnete die Tür »Du liebst mich nicht.«

»Ich lasse nicht zu, daß du mir davonläufst«, sagte sie leise. »Du hast mich auf diese Insel bringen lassen, und jetzt bleibe ich auch hier.« Sie hielt einen Moment inne. »Mit dir, Jordan. Und wenn du abreist, reise ich eben auch ab – mit dir. So wird das von jetzt an immer sein. Du und ich – wir beide zusammen.«

»Du weißt ja nicht, was du da sagst!«

»Das wirst du schon sehen! Du hast einmal behauptet, ich sei stark. Nun, ich werde dir jetzt beweisen, wie recht du damit hattest.«

»O Sara.« Jordan schüttelte den Kopf und verließ das Zimmer.

Ein leichtes Lächeln umspielte Saras Lippen, während sie das angrenzende Bad betrat.

Es ging los.

9

Sara schnitt ihrem Spiegelbild eine Grimasse. Als sie ihre Tasche für den Aufenthalt auf Pennys Insel gepackt hatte, hatte sie nur praktische, nützliche Kleidungsstücke ausgewählt. Das weiche Wollkleid, das sie trug, leistete ihr gute Dienste gegen die Kälte, war aber kaum dazu geschaffen, jemanden zu verführen. Immerhin brachte seine smaragdgrüne Farbe ihr Haar und ihre Augen vorteilhaft zur Geltung. Heute abend mußte sie alles nutzen, was ihr dazu dienen könnte, Jordans

Widerstand zu brechen. Sie wandte sich vom Spiegel ab und ging zur Tür.

Im gleichen Augenblick, als Sara die Treppe hinunterstieg, öffnete Jordan die Haustür und trat ein. Bei ihrem Anblick zögerte er und starrte sie mißtrauisch an. Dann drehte er sich abrupt um. »Ich kümmere mich um das Abendessen.«

»Nicht nötig. Während ihr beide, du und Cam, mit dem Funkgerät beschäftigt ward, habe ich einen Gemüseeintopf vorbereitet.« Sara folgte Jordan durch den Flur zur Küche. »Wo steckt dein Bruder eigentlich?«

»Er ist mit dem Boot nach Santa Barbara gefahren, um das Funkgerät überprüfen zu lassen. Irgend etwas ist damit nicht in Ordnung.« Jordan öffnete die Küchentür und ließ Sara den Vortritt. »Wir können keine Verbindung zum Festland herstellen. Cam kommt enweder am späten Abend oder morgen früh zurück, damit müssen wir uns abfinden.«

»Wo liegt das Problem?« fragte Sara, während sie das heiße Stew in handgearbeitete Tonteller schöpfte.

Jordan sah sie mißmutig an, dann beschloß er, ihre Bemerkung einfach zu übergehen. »Wir haben einige Male versucht, Penny in ihrer Wohnung zu erreichen, aber immer ertönt nur das Freizeichen. Vielleicht werden wir immer falsch verbunden. Penny muß zu Hause sein. Sie hat uns versprochen, zu Hause zu arbeiten, so daß sie jederzeit erreichbar ist, wenn hier etwas schieflaufen sollte.« Jordan zögerte. »In ihr hast du wirklich eine gute Freundin gefunden.«

»Oh ja, da hast du recht. Obwohl ich nach dieser kleinen Episode wohl einmal ein ernstes Wörtchen mit ihr reden sollte.« Sara stellte die Teller auf den Tisch und sah auf. »Sie hätte . . .« Als ihre Blicke sich trafen, hielt sie den Atem an und vergaß weiterzusprechen. Er begehrte sie. Das erkannte sie an der Intensität seines Blickes. Auf einmal zitterten ihr die Hände. »Ich habe viel zu viel gekocht, wenn Cam nicht zum Essen da ist. Hoffentlich hast du großen Hunger.«

»Nein.« Jordan setzte sich und legte seine Serviette auf den Schoß. »Daß du kochst, wäre nicht nötig gewesen. Ich kann den Haushalt übernehmen, solange wir hier auf der Insel festsitzen.«

»Warum? Wenn ich mich immer noch als eine Gefangene fühlen würde, könntest du mich an Händen und Füßen fesseln, und ich würde doch einen Weg finden zu fliehen. Und ganz bestimmt würde ich dir das Leben hier sicher nicht erleichtern. Aber die Situation hat sich geändert.« Sara setzte sich ihm gegenüber und lächelte amüsiert. »Jetzt bist du mein Gefangener. Aber ich will versuchen, dir deine Gefangenschaft so angenehm wie möglich zu machen.«

»Wie . . . interessant.« Ohne aufzublicken, widmete sich Jordan seinem Stew. »Du hast nicht zufällig am Funkgerät herumgebastelt, um Cam loszuwerden?«

»Unsinn.« Sara fing an zu essen. »Aber der Himmel scheint sich mit mir verbündet zu haben. Seite an Seite ziehen wir in die Schlacht.«

»Du hörst dich an wie ein Ritter aus dem Mittelalter.«

»So fühle ich mich auch. Schon immer fand ich es ungerecht, daß nur Männer Ritter werden konnten. Du hast doch sicher gegen einige Drachen zu kämpfen. Warum sollte ich dir dabei nicht helfen?« Sie sah auf und begegnete seinem Blick. »Obwohl ich lieber deine Maikönigin wäre als dein Vasall, will ich dir doch zur Seite stehen. Einverstanden?«

Jordans Finger umklammerten die Gabel. »Nein.«

»Ich weiß. Das ist einer von den Drachen.« Mit großer Sorgfalt legte Sara ihr Besteck neben den Teller. »Mit deinem Komplex, alles allein machen zu wollen, entmutigst du jede Frau, die den Versuch macht, dir näher zu kommen.«

»Du machst nicht den Eindruck, als seist du entmutigt.«

»Das alles ist mir einfach zu wichtig, um zuzulassen, daß sich mir irgend etwas in den Weg stellt.« Sara schwieg einen Moment. »Du bist mir zu wichtig.«

»Vor zwei Tagen war das aber noch anders.«

»Ja, da hast du recht.« Sara hob die Hand, als Jordan etwas sagen wollte. »Ich weiß. Ich weiß. Wahrscheinlich hast du ein Recht darauf, meinem plötzlichen Meinungsumschwung zu mißtrauen. Glaubst du eigentlich, das alles fällt mir leicht? Du hast mich manipuliert, und ich habe mich mit aller Kraft dagegen gewehrt. Aber ich bin mir darüber klargeworden, daß ich dich liebe. Und wenn unsere Beziehung wieder funktionieren soll, muß ich meinen Ärger darüber wegstecken. Ich hatte jedoch nicht erwartet, daß ich mit dir kämpfen muß.« Sie stand auf. »Wenn es keine andere Möglichkeit gibt, muß ich eben in den sauren Apfel beißen. Leg deine Gabel weg! Du spielst ja doch nur mit deinem Essen.«

»Wie bitte?«

Sara trat um den Tisch herum auf ihn zu und nahm ihm die Gabel aus der Hand. »Da du dir offenbar nichts aus dem Hauptgericht machst, kannst du ebensogut schon das Dessert bekommen.« Sie ließ sich auf seinen Schoß fallen und schlang ihm die Arme um den Hals. »Entspann dich.« Damit schmiegte sie den Kopf an seine Brust. »Du bist ja steif wie ein Brett.«

»Das wundert mich nicht.« Jordans Stimme klang unterdrückt. »Steh bitte auf.«

»Nein.« Sein Herzschlag dröhnte in ihren Ohren, und instinktiv schloß sie die Arme fester um ihn. »Mir gefällt's hier! Leg deine Arme um mich.«

»Nein.«

»Okay, ich will dich nicht drängen. Es wäre netter, wenn du mich halten würdest, aber so ist es auch gut.« Sara ließ ihre Hände an seinem Hals entlanggleiten, öffnete die obersten Knöpfe seines Hemdes und preßte die Lippen auf seine nackte Brust. Spielerisch strich sie mit dem Mund über seine Haut, bis sie eine seiner Brustwarzen fand und anfing, an ihr zu saugen. Sie spürte, wie Jordan erschauerte. »Gefällt dir das nicht?«

»Wie eine Nacht mit einer eisernen Jungfrau.«

Sara lachte kehlig. »Ich bin weder Jungfrau noch aus Eisen. Und bis jetzt haben dir die Nächte mit mir immer ganz gut gefallen.« Sie rieb ihre Wange an seiner Brust. »Jedenfalls hast du mir das gesagt.«

»Sara . . .« Jordans Stimme klang fremd. »Noch mehr davon halte ich nicht aus.«

»Gut. Habe ich dich jetzt verführt?«

Jordan gab ihr keine Antwort. Seine Brust hob und senkte sich unter seinen schweren Atemzügen. Du liebe Güte, wie kann ein Mann nur so stur sein? fragte Sara sich und seufzte. »Nein? Aber ich kann dich sicher verführen, wenn ich noch ein wenig weitermache . . .« Wieder saugte sie zärtlich an seiner Brustwarze.

Jordans Herz schlug unregelmäßig, und unwillkürlich machte er eine Bewegung, als wollte er Sara in die Arme schließen. Er hielt jedoch inne, ließ die Arme zur Seite sinken und umklammerte die Stuhlbeine krampfhaft.

Seufzend begann Sara, sein Hemd wieder zuzuknöpfen. »Anscheinend bist du noch nicht dazu bereit, verführt zu werden. Dann höre ich eben auf. Ich will nicht, daß du wieder behauptest, ich hätte dich benutzt.«

»Ich habe dir gesagt, es ist mir egal.«

»Mir aber nicht. Ich glaube, wir müssen irgendwann einmal über unsere offensichtlich unterschiedlichen Lebensphilosophien diskutieren.« Sie kuschelte sich an ihn. »Aber nicht jetzt. Laß uns nur versuchen, einander etwas zu geben. Es gibt so viel, was ich dir schenken will, Jordan. Liebe, Vertrauen, Kinder . . .« Sie spürte, wie er sich lockerte und die starke Anspannung aus seinen Muskeln wich. »Weißt du eigentlich, daß wir noch nie über Kinder gesprochen haben? Hättest du gern einen Sohn?«

»Vielleicht.« Vorsichtig legte er die Arme um Sara und hielt sie wie eine zerbrechliche Porzellanpuppe. »Ich habe nie darüber nachgedacht. Es gab immer nur dich in meinem Leben. Ich glaube, eine Tochter wäre mir lieber.«

»Das freut natürlich die Feministin in mir, aber es überrascht mich auch. Ich dachte immer, die meisten Männer wünschen sich ein eigenes Spiegelbild.«

»Mir ist ein Spiegelbild von dir lieber.« Mit unerwarteter Sanftheit strich er über ihr Haar. »Deine Tochter würde bestimmt so schön wie du.«

Sara schluckte. Die Kehle wurde ihr eng. »Und ein Sohn würde so gut aussehen, wie du es tust. Wir sollten unbedingt beides ausprobieren. Wann fangen wir damit an? Nächstes Jahr?«

»Von mir aus. Wann immer du möchtest«, meinte Jordan abwesend, während seine Finger in ihrem seidigen Haar spielten. »Wann auch immer du . . .« Mit schmerzverzerrtem Gesicht brach er ab. »Ich kann nicht,

Sara. Es geht nicht. Ich könnte es nicht ertragen . . .« Er schob sie von seinem Schoß und stand auf. »Ich muß hier raus.«

»Das hier ist eine kleine Insel. Ich könnte dir überall hin folgen. Als du Cam mit dem Boot weggeschickt hast, hast du dir selbst die einzige Fluchtmöglichkeit genommen.« Sara lächelte. »Jetzt gibt es für dich kein Entkommen mehr.«

»Cam kommt spätestens morgen zurück.«

»Aber er steht auf meiner Seite. Ich wette, er läßt sich nicht so schnell hier im Haus blicken. Wir werden wahrscheinlich nicht einmal erfahren, ob und wann er wieder auf der Insel ist.« Langsam ging sie auf ihn zu.

»Sara!« Immer noch war Jordans Gesicht schmerzhaft verzerrt. »Tu das nicht! Du reißt mich in Stücke.«

»Dann gib endlich auf!« flüsterte sie. »Bitte, gib auf, Jordan. Wir haben beide so viele Fehler gemacht. Hör auf damit. Bitte.«

»Im Moment bist du diejenige, die einen Fehler begeht«, entgegnete er mit rauher Stimme. »Du hast keine Ahnung, was gut für dich ist.«

»Aber das will ich ja gerade herausfinden.« Sara zögerte. »Keiner von uns beiden kann jedoch etwas Neues über den anderen erfahren, wenn er davonläuft. Im Gegenteil, wegzurennen schadet mehr, als es nützt. Dafür bin ich ja wohl das beste Beispiel.«

»Verflixt, Sara, ich habe dich verletzt! Es war nicht meine Absicht, und trotzdem habe ich es getan.« Abrupt drehte er sich um und verließ die Küche fluchtartig. Sekunden später hörte Sara, wie die Haustür zugeschlagen wurde.

Sie holte tief Luft und fing an, den Tisch abzuräumen. Für den ersten Versuch war es nicht einmal allzu schlecht gelaufen. Jordan war zu hartnäckig, um den Kampf schnell aufzugeben. Aber offensichtlich kämpfte er ebenso sehr gegen sich selbst wie gegen sie. Mit Sicherheit würde er das nicht lange durchhalten. Du liebe Güte – und wenn er noch lange durchhalten würde? Wie lange konnte sie die ungewohnte Rolle des verführerischen Vamps spielen? Wie lange konnte sie ihre Unsicherheit vor Jordan verbergen?

Sara trug das Geschirr zur Spüle. Es gibt keinen Grund, verunsichert zu sein, versuchte sie sich einzureden. Solange Jordan sie liebte, hatte sie die Situation unter Kontrolle. Kopfschüttelnd betrachtete sie ihre zitternden Hände. Wenn sie alles so unter Kontrolle hatte, warum fürchtete sie sich dann zu Tode davor, einen Fehler zu begehen?

Als Jordan ein paar Stunden später ins Haus zurückkehrte, hatte sich Sara in die Sofaecke gekuschelt und las in einem Buch. Lächelnd blickte sie auf. »Hallo, schön, daß du wieder da bist. Ist es kalt draußen?«

Er musterte sie argwöhnisch. »Ein bißchen.«

»Du bist lange draußen gewesen. Vielleicht gehst du besser unter die heiße Dusche.«

»Gute Idee.« Er zögerte. »Ich gehe dann ins Bett.«

Unschuldig hob Sara den Blick. »Ich bin froh, daß du bei mir bist. Schlaf gut.«

Er runzelte die Stirn. »Ich schlafe allein«, fügte er mißmutig hinzu.

Sara nickte ernsthaft.

Jordan ging auf die Treppe zu.

»Waffenstillstand«, bemerkte sie weich.

Ohne sich umzudrehen, blieb er stehen. »Wie bitte?«

»Ich habe mich zum strategischen Rückzug entschieden«, erwiderte Sara. »Ich glaube, du brauchst etwas Luft zum Atmen und Zeit, über alles nachzudenken. Heute nacht bist du vor mir sicher.«

»Das ist gut.« Seine Stimme klang merkwürdig tonlos, seine Schritte waren weniger schwungvoll als sonst, als er begann, die Stufen hinaufzusteigen.

»Ich glaube, morgen ist es früh genug.« Sara konzentrierte sich wieder auf ihr Buch. »Gute Nacht, Jordan.«

Sie hielt den Blick fest auf die Seite gerichtet und hörte, wie er unterdrückt fluchte. Kurz darauf schlug seine Zimmertür hinter ihm zu.

Sara lachte leise. Wie gut, daß die Türen auf Pennys Hazienda aus stabilem Holz geschreinert waren. Seit sie und Jordan in Pennys Refugium aufgetaucht waren, mußten die Türen einiges aushalten.

»Das wird dir nicht gefallen.« Cam balancierte über die Planke auf den Pier, wo Jordan auf ihn wartete. »Ich bin sicher, das wird dir überhaupt nicht gefallen.«

»Konntest du das Funkgerät nicht reparieren lassen?«

»Es war überhaupt nicht gestört. Ich habe von Land aus versucht, Penny Lassiter in ihrem Apartment zu erreichen, aber sie antwortet einfach nicht.«

Jordan erstarrte. »Bist du sicher?«

Cam nickte. »Jeanine, die Telefonistin, und ich sind jetzt Busenfreunde.« Er grinste breit. »Und was sie für einen wunderbaren Busen hat! Ich wünschte, ich hätte mehr Zeit gehabt . . .«

»Das sind wirklich keine guten Nachrichten«, unterbrach Jordan Cams schwärmerische Beschreibung der unwiderstehlichen Jeanine. »Penny Lassiter hat uns selbst den Vorschlag unterbreitet, sie jederzeit anzurufen. Und sie würde ihre Wohnung nicht für so lange Zeit verlassen, ohne uns irgendwie zu benachrichtigen.«

»Darüber habe ich mir auch schon meine Gedanken gemacht. Deshalb habe ich den Hausmeister überredet, das Apartment zu überprüfen. Auf sein Klingeln hat jedoch niemand geöffnet.«

»Mist!«

»Das denke ich auch. Besonders nachdem ich beim *World Report* nach Penny gefragt habe und erfuhr, daß sie auch auf ihrer Dienststelle hinterlassen hat, daß sie zu Hause arbeitet. Die Leute vom *World Report* haben seit gestern mittag auch pausenlos versucht, sie zu erreichen.«

»Wo, zum Teufel, könnte sie stecken?«

»Kein Grund zur Aufregung«, versuchte Cam seinen Bruder zu beruhigen. »Wir finden das schon heraus. Ich bitte Maria, die Angelegenheit persönlich in die Hand zu nehmen. Und sie wird bestimmt . . .«

»Wer ist denn um Himmels willen Maria?«

»Maria Garcia. Eine erstklassige Kriminalbeamtin bei der Polizei in Santa Barbara. Habe ich dir nicht erzählt, daß ich mich mit ihr verabredet hatte?«

»Nein«, erwiderte Jordan trocken. »Du scheinst im Moment sehr beschäftigt zu sein. Die ganze Sache bringt dir wohl eine Menge neuer Bekanntschaften ein.«

Cam grinste nur.

Jordan schüttelte in gespielter Mißbilligung den Kopf. »Und was hat diese Maria jetzt vor?«

»Sie setzt sich mit der Polizei in San Francisco in Verbindung und bittet sie, sich Zutritt zu Penny Lassiters Wohnung zu verschaffen. Vielleicht findet man einen Hinweis auf ihren augenblicklichen Aufenthaltsort.

Sobald Maria irgend etwas in Erfahrung gebracht hat, nimmt sie über Funk Kontakt mit mir auf. Zufrieden?«

Jordan zog die Brauen zusammen. »Du liebe Güte, Cam. Mit deinen Eroberungen könntest du ein ganzes Heer zusamenstellen und die Welt regieren.«

»Das Wort ›Eroberung‹ hat mir noch nie gefallen«, bemerkte Cam und zuckte die Achseln. »Ich liebe die Frauen und habe keineswegs die Absicht, sie mir zu unterwerfen.« Dann grinste er erneut breit. »Außerdem wäre ich mit einer ganzen Armee von Frauen mit ganz anderen Dingen zu beschäftigt, als damit die Welt zu regieren.«

Jordan lachte und spürte, wie seine Anspannung allmählich nachließ. Seit sie zusammen aufgewachsen waren, hatte er sich in Cams Gegenwart immer entspannen können. Seine offene Zuneigung hatte ihm jede Last erleichtert. »Da hast du auch wieder recht. Hat deine Maria dir gesagt, wann sie sich voraussichtlich meldet?«

»Nein. Soll ich bis dahin mit dem Boot hierbleiben?«

Jordan zögerte, dann schüttelte er den Kopf. »Ich bleibe hier auf dem Boot. Du gehst zurück auf die Hazienda und leistest Sara Gesellschaft. Erzähl ihr bitte nichts über Penny, was sie beunruhigen könnte.«

»Ich glaube nicht, daß sie sich über meine Anwesenheit besonders freut. Jordan, vergiß doch endlich einmal Bandora! Das hast du doch vom ersten Augenblick an gewollt, als du Sara kennengelernt hast. Laß die alten Geschichten doch endlich ruhen!«

Jordan wandte sich dem Boot zu. »Das Thema Sara ist für mich abgschlossen. Ohne mich wird es ihr besser gehen.«

»Ist das ihre Entscheidung?«

»Nein, meine!«

Resigniert beobachtete Cam, wie sein Bruder auf das Bootsdeck sprang. »Wann soll ich dich hier ablösen?«

»Überhaupt nicht. Es gibt genug Decken an Bord und sogar eine ganz brauchbare Matratze. Ich schlage mein Lager in der Kajüte auf.«

»Ist das denn wirklich nötig?« fragte Cam.

Jordan warf ihm über die Schulter hinweg einen Blick zu. »Ich bin nicht sicher, aber mir gefällt die Sache mit Penny nicht. Dies hier ist die einzige Stelle auf der Insel, auf der man mit einem Helikopter oder einem Boot landen kann. Vielleicht ist es am besten, rund um die Uhr Wache zu schieben.«

»Aber warum sollen wir uns nicht abwechseln? Ich könnte bei Sonnenuntergang herunterkommen und dich ablösen. Dann könntest du . . .«

»Nein! Das kommt nicht in Frage!« Jordan bemühte sich, seinen Ton nicht allzu scharf klingen zu lassen. »Bleib du bei Sara.«

»Aber wird Sara bei mir bleiben?« fragte Cam. Als Jordan nicht antwortete, zuckte er die Achseln und machte sich auf den Weg über den felsigen Strand zur Hazienda.

Der Wind wehte frisch und kühl, und die Wellen brachen sich an dem Boot, so daß es in seiner Vertäuung wild schaukelte.

Unter den Gummisohlen von Saras Turnschuhen erbebte das Deck, als sie auf die Kajüte zuging. Nicht nur das Deck zitterte, überlegte Sara. Die Temperatur war seit dem Nachmittag gefallen, und Saras Atem schickte kleine, weiße Wolken in die Luft. Plötzlich zuckte sie zusammen.

»Wer ist da?«

Sara erkannte die Stimme sofort und entspannte sich. Sie blinzelte in das grelle Licht von Jordans starker Taschenlampe. »Würde es dir etwas ausmachen, die Lampe zu löschen? Der Mond scheint doch hell genug.«

Jordan murmelte irgend etwas vor sich hin und knipste die Taschenlampe aus. »Geh zurück zum Haus, Sara! Hier draußen ist es zu kalt.«

»Cam sagt, an Bord sind Decken«, erklärte Sara fröhlich und trat näher. »Und Körperwärme ist sowieso das Allerbeste. Ich glaube, wir werden nicht frieren. Hat dir mein Essen geschmeckt, das dir Cam gebracht hat?«

»Ja.« Er sah sie finster an. »Das ist verrückt, Sara.«

»Da stimme ich dir zu. Aber was soll ich denn tun? Wenn der Prophet nicht zum Berg kommt . . .« Sie fröstelte. »Hoffentlich hast du noch etwas Kaffee in der Thermosflasche, die ich in den Picknickkorb gepackt habe. Wir können ihn später bestimmt gut vertragen.«

»Später? Du brauchst ihn jetzt. Warum hast du keine Jacke angezogen?«

Sara lächelte und zuckte die Schultern. Sie stand jetzt dicht vor ihm. »Ich habe dir ja gesagt, du läufst mir nicht davon.« Damit zog sie ihren dicken weißen Sweater aus und warf ihn aufs Deck. »Es wird Zeit für die Verführung.«

Sie war bis zur Taille nackt. Im Mondlicht waren ihre vollen Brüste deutlich zu erkennen.

Jordan starrte sie an. Sein ganzer Körper schmerzte mit einem Mal vor Verlangen. »Sara, bitte! Zieh den Sweater wieder an. Du erfrierst!«

»Du hast recht. Ich habe schon eine Gänsehaut.«

Er konnte den Blick nicht von ihren nackten Brüsten lösen. »Das sehe ich.«

»Vielleicht wird mir wärmer, wenn du deine Hände auf mich legst . . .« Sie trat noch näher und ergriff Jordans Hände. Sie waren eiskalt, und bei der Vorstellung, sie auf ihrer nackten Haut zu spüren, fröstelte Sara noch mehr. »Halt mich, Jordan«, sagte sie jedoch und preßte seine Handflächen auf ihre nackte Haut. »Halt mich warm!«

Seine Hände schlossen sich um ihre Brüste – und plötzlich war ihr nicht mehr kalt. Im Gegenteil – Sara hatte das Gefühl, in Flammen zu stehen. Unwillkürlich schloß sie die Augen. »Ja, das ist schön. Ich könnte ewig so hier stehen bleiben.«

»Zum Teufel!« Mit einem Ruck riß Jordan seine Hände weg. »Ich bin genauso verrückt wie du. Ich bringe dich noch soweit, daß du hier nackt auf dem Deck herumstehst!« Er bückte sich nach ihrem Sweater, dann packte er unsanft ihr Handgelenk und zog sie in die Kajüte, die wohl eher als winziger Verschlag zu bezeichnen war. Aber hier sind wir zumindest vor der Feuchtigkeit und dem Wind geschützt, überlegte Sara.

Jordan warf den Sweater auf eine Matratze, dann griff er nach einer dunkelblauen Wolldecke und legte sie um Saras nackte Schultern. Er kniete sich hin und wühlte in dem Picknickkorb nach der Thermosflasche. »Setz dich. Ich bringe dir Kaffee.«

»Du wärst mir lieber als Kaffee.«

Er erstarrte mitten in der Bewegung, dann stand er auf und schenkte Kaffee ein. Er reichte Sara die Plastiktasse mit der dampfenden Flüssigkeit. »Hier. Das wird dir guttun.«

»Danke.« Sara nahm ihm die Tasse ab und nippte an dem heißen Kaffee. »Als Verführerin bin ich anscheinend eine Niete. Sonst wären wir beide jetzt nicht hier, sondern an Deck und zwar beide nackt und . . .«

»Du bist verdammt gut«, unterbrach er sie rauh. »Das einzige, was mich gerettet hat, war die Kälte.«

»Wie tröstlich.« Sara trank noch einen Schluck Kaffee. »Weißt du eigentlich, daß wir uns noch nie auf einem Schiff geliebt haben?«

»Das wird auch heute nicht geschehen!«

Sara setzte sich auf die Matratze, hüllte sich in die Decke und kreuzte die Beine. »Gefällt dir die Vorstellung etwa nicht? Das Geschaukel ist vielleicht ganz schön erotisch.« Sie lächelte ihm zu. »Warum versuchen wir es nicht einmal?«

»Hör bitte damit auf, Sara!« Jordan ließ sich ihr gegenüber auf der Matratze nieder. »Trink deinen Kaffee aus und verschwinde!«

»Ich kann nicht. Ich will dich doch verführen.« Langsam beugte sie sich vor und kniete sich vor ihm hin. In ihren Augen lag unendliche Zärtlichkeit. »Kannst du nicht aufhören, dich zu quälen? Und mich dazu? Ich liebe dich, Jordan.« Sanft berührte sie seine Wange. »Selbst wenn du all deine dunklen Geheimnisse vor mir gelüftet hast, übst du immer noch eine ganz besondere Faszination auf mich aus. Wenn ich mir nicht so sicher wäre, würde ich das Risiko nicht eingehen, mich noch einmal auf dich einzulassen.« Sie verzog schmollend den Mund. »Weis mich nicht länger zurück. Das ist nicht gut für mein Selbstwertgefühl.«

Jordan bewegte leicht den Kopf und küßte die Innenfläche ihrer Hand. »Sieh an! Ich wußte gar nicht, daß du so auf Bestätigung aus bist.«

Sara lachte. »Wenn du wüßtest! Vielleicht habe ich ja auch ein paar schlechte Eigenschaften, von denen du bis jetzt noch nichts weißt. Wo wir gerade davon reden: Ich kann sehr eifersüchtig werden.« Mit gespielter Strenge hob sie den Zeigefinger. »Glaub ja nicht, daß ich jemals ein Techtelmechtel mit einer anderen Frau toleriere!«

»Es wird keine andere Frau geben«, sagte Jordan leise. »Und es hat noch nie eine andere Frau gegeben. Nicht wirklich. Mit anderen Frauen war es immer Sex, aber mit dir . . . Du bist . . .« Seine Stimme verlor sich. Auf einmal hüllte er Sara fester in die Wolldecke. »Trink deinen Kaffee aus und lauf zurück zum Haus! Da ist es wärmer.«

Sara schüttelte den Kopf. »Nur wenn du mitkommst.« Sie trank den letzten Schluck Kaffee und stellte die Tasse zurück in den Picknickkorb. »Keine schlechte Idee, oder? In meinem Bett hätten wir es beide viel bequemer.«

Jordan schüttelte den Kopf.

»Dann in deinem Bett?«

Wieder verneinte er.

Sara seufzte. »Also gut. Dann eben hier in der rauhen Natur. Du bist ganz schön schwierig, Jordan Bandor.« Sie streckte sich auf der Matratze aus und machte es sich so bequem wie möglich. »Komm wenigstens zu mir und halt mich warm!«

»Geh ins Haus zurück!«

Sara stützte sich auf den Ellbogen und sah ihn an. »Auf keinen Fall!« Sie klang entschlossen. »Ich schlafe nie mehr ohne dich. Dein Bett ist auch mein Bett.«

»Dein Bett steht demnächst im Krankenhaus, wenn du hier in der feuchten Kälte schläfst«, meinte Jordan mißmutig. Dann, als Sara nicht antwortete, seufzte er resigniert und streckte sich neben ihr aus. Von dem Deckenstapel neben der Matratze holte er zwei Wolldekken und breitete sie über sich und Sara aus. Er zögerte eine Weile, dann nahm er Sara in die Arme. »Das ist nicht in Ordnung.«

Sie kuschelte sich eng an ihn. »Das ist wunderschön . . . Ich fühle mich so wohl! Beinahe bin ich froh, daß du dich nicht von mir hast verführen lassen.«

»So?«

»Mm. Das hier ist viel gemütlicher. Ich kann mich nicht erinnern, daß wir jemals nur so gekuschelt haben – ohne uns zu lieben. Schön . . . Laß uns einfach nur so daliegen und noch ein wenig miteinander reden.« Sie hielt inne. »Warum sprichst du nicht mit mir?« fragte sie leise, als Jordan keine Anstalten machte, etwas zu sagen.

»Ich weiß nicht, was ich erzählen soll.« Jordan war erstaunt, daß er überhaupt etwas herausbrachte. Saras Nähe brachte ihn fast um den Verstand. Mit aller Kraft bemühte er sich, an irgend etwas Unverfängliches zu denken, um sich von den erotischen Phantasien abzulenken, die bei der Berührung von Saras weichem, warmen Körper in ihm wach wurden. »Schlaf jetzt.«

»Hmm . . . Das ist vielleicht gar keine schlechte Idee.« Wie ein kleines Mädchen rollte sie sich in seinem Arm zusammen und legte den Kopf an seine Schulter. »Dieses Schaukeln ist richtig einschläfernd, findest du nicht auch?« Sie unterdrückte ein Gähnen.

»So?« Jordan war hellwach. Eine Unzahl von Empfindungen ließ ihn nicht zur Ruhe kommen. Er fühlte Erschöpfung, Freude, Qual, Zweifel und – Zärtlichkeit. Auf einmal überkam ihn eine so große Zärtlichkeit, daß alle anderen Gefühle dagegen verblaßten.

Seufzend zog er Sara näher zu sich heran. »Das nimmt kein gutes Ende. Ich ändere meine Meinung nicht, Sara«, murmelte er.

»Das glaube ich nicht.« Sara gähnte. »Laß mich nur

machen. Außerdem – das hier gefällt mir sehr gut. Ich finde es schön, hier bei dir zu liegen.«

Ja, es ist schön, wenn jemand es mag, sich selbst zu quälen, stellte Jordan fest. Aber trotzdem konnte er nicht leugnen, daß auch ihm die Situation gefiel. Morgen würde er sich etwas einfallen lassen müssen, wie er Sara auf Distanz hielt – aber heute nacht konnte es vielleicht nichts schaden, ihre Nähe zu genießen. Es tat gut, eine Weile vom Glück zu träumen.

»Ja«, erwiderte er mit belegter Stimme. »Es gefällt mir auch.« Dann streckte er die Hand aus und strich sanft über ihre seidigen Haare. »Ich fühle mich wohl.«

»Findest du mich auch begehrenswert?« fragte sie schläfrig.

Begehrenswert, bezaubernd, alles, was eine Frau einem Mann sein kann: Sie war sein Leben. Seine Lippen glitten über ihre Schläfe. Sara seufzte zufrieden, und er spürte, daß sie beinahe eingeschlafen war. »Sehr begehrenswert.«

»Gut . . .«

Noch lange, nachdem Sara eingeschlafen war, starrte Jordan in die Dunkelheit. In seinen Armen fühlte sich Sara zerbrechlich und federleicht an. Zärtlichkeit und Verlangen brannten in ihm und ließen ihn nicht zur Ruhe kommen. Was war aus all seinen guten Vorsätzen geworden? Er war es nicht gewöhnt, etwas, das er begehrte, nicht zu bekommen. Und er begehrte Sara wie ein Verdurstender das Wasser.

Wasser. Hinter seiner Stirn erschien das Gesicht seiner Mutter – die Lippen aufgesprungen und blutleer.

Auf einmal fröstelte er. Unwillkürlich schloß er die

Arme fester um Sara. Im Schlaf protestierte sie leise, und er zwang sich dazu, seinen Griff zu lockern. Wieder hatte er ihr weh getan. Er würde ihr immer weh tun, ob er wollte oder nicht. Er würde sich verzweifelt an sie klammern – und am Ende wäre es wieder wie früher. Sie würde unter ihm leiden.

Sara irrte sich. Sie beide hatten keine gemeinsame Zukunft. Es gab nur noch diese eine Nacht.

10

»Was machst du da?« Sara richtete sich auf und beobachtete Jordan, der sich am Funkgerät zu schaffen machte. Wie schön, aufzuwachen und den Mann, den man liebte, zu sehen, dachte sie zufrieden. Ihr war nicht bewußt gewesen, wie sehr sie dieses Gefühl in den letzten achtzehn Monaten vermißt hatte.

Jordan stellte das Gerät ab und drehte sich zu ihr um. »Gerade kam eine Nachricht aus Santa Barbara durch«, berichtete er ruhig. »Hast du mitbekommen, worum es ging?«

Sara schüttelte den Kopf. Dann setzte sie sich auf und rieb sich die Augen. »Ich bin gerade aufgewacht. War es wichtig?«

»Ja, sehr wichtig. Und sehr alarmierend.« Nachdenklich runzelte er die Stirn. Dann schien er eine Entscheidung getroffen zu haben. »Wir müssen hier weg!« Er hob Saras Sweater vom Boden auf und warf ihn ihr zu. »Lauf hinauf zur Hazienda und bitte Cam, so schnell wie möglich mit unserem Gepäck zu kommen! Ich mache in der Zwischenzeit das Boot startklar. Sobald ihr hier seid, fahren wir ab.«

Die verzweifelte Dringlichkeit in seiner Stimme machte sie auf der Stelle hellwach. »Was ist passiert? Hat Penny sich gemeldet?«

»Nein.« Jordan zögerte. »Penny ist spurlos verschwunden.«

Erschrocken riß Sara die Augen auf. »O nein!«

»Vielleicht geht's ihr ja gut«, fügte Jordan schnell hinzu.

»Die Polizei hat jedenfalls nichts gefunden, was darauf hindeutet . . .« Er brachte den Satz nicht zu Ende.

Sara war blaß geworden. »Himmel, was ist mit Penny? Erzähl mir, was geschehen ist!« bat sie atemlos. »Es gibt noch mehr Informationen, nicht wahr?«

»Wir sahen keinen Sinn darin, dich unnötig zu beunruhigen«, erwiderte Jordan stockend. »Bis jetzt können wir nur Vermutungen anstellen.«

Sara schloß die Augen. Sie erkannte, daß Jordan es gut gemeint hatte, als er beschlossen hatte, ihr nicht zu sagen, daß etwas nicht in Ordnung zu sein schien. Aber jetzt wollte sie alles wissen. »Erzähl's mir!«

»Nun, wir konnten Penny nicht zu Hause erreichen, obwohl sie gesagt hatte, daß sie da sein würde. Deshalb ließen wir die Polizei ihre Wohnung aufbrechen. Sie fanden Spuren einer überstürzten Abreise.« Er hielt inne. »Und noch etwas – ein Greyhound-Bus-Ticket.«

Sara spürte, wie sich eine eisige Faust um ihr Herz krampfte. »Kemp.«

Jordan nickte. »Sieht so aus. Die Polizei nimmt an, daß er seine Opfer sorgfältig studiert, bevor er zuschlägt. Er wußte, daß Penny sowohl deine Freundin als auch deine Vorgesetzte ist, und wird bestimmt versuchen, Informationen über deinen Aufenthaltsort aus ihr herauszuholen, wenn er klug genug ist, eins und eins zusammenzuzählen.«

»Er ist aber nicht klug.« Sara zog den Sweater an, ohne jedoch die Hoffnung zu haben, daß sie sich damit gegen die Eiseskälte, die in ihr hochkroch, schützen könnte. »Er ist wahnsinnig und wie ein Tier! Wenn du gesehen hättest, wie er diese Frauen zugerichtet hat! Großer Gott . . . Penny!«

»Ich hoffe von ganzem Herzen, daß sich die Polizei irrt. Aber von hier aus können wir Penny nicht helfen. Um dich müssen wir uns jetzt kümmern. Du bist sein Zielobjekt, und er hat Penny womöglich gezwungen, ihm deinen Aufenthaltsort zu verraten.«

»Nein. Penny würde eher sterben, als . . .« Sara brach ab und bedeckte entsetzt ihren Mund mit der Hand. »Er wird sie umbringen, Jordan! Vielleicht hat er es schon getan.«

»Das wissen wir nicht.« Jordan zog sie auf die Füße. »Aber wir wissen, daß diese Insel nicht länger sicher für dich ist. Geh zum Haus und sag Cam, daß wir abreisen müssen!«

»Also gut«, stimmte Sara verstört zu. Sie verließ die Kajüte und überquerte taumelnd das Deck. Hinter sich hörte sie Jordans Schritte auf den Holzplanken. Der Wind hatte noch zugenommen, und weiße Schaumkronen bedeckten die Wellen.

Auf einmal hielt Jordan inne und stieß einen unterdrückten Laut aus. Sara drehte sich um und sah, wie er aufs Meer hinausstarrte. Sein ganzer Körper zitterte vor Anspannung.

»Ist etwas nicht in Ordnung?« Sie folgte seinem Blick und entdeckte ein kleines Segelboot am Horizont.

»Nein«, erwiderte Jordan rasch. Mit drei großen Schritten war er bei ihr und half ihr über die schwankende Planke auf den Pier zu gelangen. »Nur ein Fischer. Beeil dich und lauf zu Cam!«

Sara lief über den Pier, das Drängen in Jordans Stimme beschleunigte ihre Schritte. Irgendwann drehte sie sich noch einmal um.

Jordan stand da und sah ihr nach. »Beeil dich!« rief er. »Lauf zu Cam!«

Sara nickte und rannte den steinigen Pfad hinauf, der auf den Hügelkamm führte.

Lauf zu Cam!

Wieder und wieder dröhnten Jordans Worte in ihren Ohren. Auch wenn ihr Verstand vor Entsetzen und Verwirrung umnebelt war, spürte sie doch, daß irgend etwas nicht in Ordnung war.

Außer Atem erreichte sie den Hügelkamm und lief den Pfad auf der anderen Seite hinab auf die Hazienda zu. Warum hatte Jordan sie aufgefordert, Cam zu holen? Er hatte gerufen: *Lauf zu Cam!* So als wollte er sie zu ihm schicken, damit sie in Sicherheit wäre.

Der Fischer.

In heller Panik hastete sie weiter und stolperte über einen Stein. Wie hatte sie nur so blauäugig sein können?

Welcher Fischer würde sein leichtes Segelboot bei dieser stürmischen See riskieren? Kemp jedoch würde das Risiko eingehen – er würde jedes Risiko eingehen, sie zu finden. Er würde sich um nichts Sorgen machen – nichts würde ihn auf seinem Weg zu ihr aufhalten können.

Jordan würde für dich sterben, hatte Penny behauptet.

»Nein!«

Sara drehte sich abrupt um und lief zurück, wieder den Hügel hinauf. Ihr Atem ging in kurzen, schmerzhaften Stößen. Als sie die Kuppe erreicht hatte, blieb sie einen Moment stehen, um einen Blick auf den Pier zu werfen. Das Segelboot hatte angelegt, aber weit und breit war niemand zu sehen. Auch Jordan nicht.

Verzweifelt suchte Sara mit ihren Blicken den Strand ab. Plötzlich weiteten sich ihre Augen und sie stand wie erstarrt da: Im hellen Sonnenlicht blitzte ein Messer auf.

Zwei Männer kämpften zwischen den Felsen unten am Strand – Jordan und der Mann, den Sara monatelang voller Schrecken in diesem New Yorker Gerichtshof angestarrt hatte.

Entsetzt schrie sie auf und rannte los. Kemp besaß ein Messer. Wenn es ihm gelingen würde, Jordan zu töten, bevor sie bei ihm war?

Er würde für dich sterben.

Nein, Jordan durfte nicht für sie sterben! Sie mußte Kemp aufhalten. Aber sie war noch so weit weg!

»Kemp!« schrie sie mit aller Kraft. »Ich bin hier!«

Hatte er sie gehört? Die beiden Männer kämpften immer noch, Kemp hatte die Oberhand gewonnen und drückte Jordan zu Boden. Angsterfüllt erkannte Sara, daß Kemps Messer sich bedrohlich auf Jordans Kehle senkte.

Wieder rief sie seinen Namen. »Kemp!«

Er hatte sie gehört! Kemp hob den Kopf und entdeckte sie.

»Sara, nicht!« Das war Jordans verzweifelte Stimme.

Kemp zögerte, das Messer immer noch an Jordans Kehle. Dann ließ er plötzlich von ihm ab und rannte über den Strand auf Sara zu.

Sie zögerte. Welchen Weg sollte sie einschlagen? Angst und Unsicherheit schienen sie zu lähmen.

»Lauf weg, Sara!« Schon war Jordan auf den Füßen und verfolgte Kemp. Das soll er nicht, dachte Sara erschrocken. Jeden Moment konnte Kemp sich umdrehen und ihn entdecken.

Benommen wandte sie sich nach links und rannte auf die steile Felsküste zu, um Kemp von Jordan abzulenken.

Die Felsen waren so schlüpfrig. Sie war hier schon einmal ausgeglitten und gefallen. Was wäre, wenn sie auch jetzt wieder stürzen würde? Kemp holte auf. Hinter sich konnte sie sein Keuchen hören . . .

Tränen strömten ihr unaufhaltsam über die Wangen. Sie wollte nicht sterben. Hatten sich so auch die anderen Frauen gefühlt, die er umgebracht hatte? Wenn sie nun ausgleiten und fallen würde?

»Hexe! Hexe!« Hinter sich hörte sie Kemps rauhe Verwünschungen. »Ich bringe dich um, du Miststück. Dich und die andere Hexe auf dem Boot. Hexe! Miststück!«

Sara glitt aus. Fing sich wieder. Rannte weiter den steinigen Pfad an der Steilküste entlang. Tief unter ihr schäumte die Brandung.

Hinter ihr ein heiseres, triumphierendes Schnauben. Es kam immer näher.

Kemp war ihr auf den Fersen. Er rannte schneller.

»Nein!« schrie Jordan. »Kemp, du Bastard! Nimm mich!«

Jordan kann mir nicht helfen, stellte Sara in einem Wirbel von Panik fest. Er mußte wissen, daß Kemp sie gleich erreicht haben würde, sonst hätte seine Stimme nicht so verzweifelt geklungen. Kemp war ihr schon zu nah. Er würde nicht innehalten. Er hielt nie inne.

Plötzlich drang ein entsetzter Aufschrei in ihr Bewußtsein. War sie das gewesen? Nein, jemand anders hatte geschrien. Jordan? Sara riskierte einen schnellen Blick über die Schulter.

Dicht an der Felskante, die steil zum Meer hin abfiel, hatte Jordan Kemp eingeholt und angesprungen. Kemp hatte das Gleichgewicht verloren, ruderte einen Moment mit den Armen in der Luft und stürzte dann schreiend ins Wasser.

Keuchend und mit schmerzenden Lungen blieb Sara stehen.

Mit wilden Armstößen kämpfte sich Kemp an die Wasseroberfläche. Er suchte Sara und starrte sie haßerfüllt an.

»Hexe!« schrie er. Sein Mund füllte sich mit Wasser, und er würgte und spuckte. Sobald er jedoch wieder Luft holen konnte, schrie er wieder: »Hexe! Miststück!«

Doch da rollte eine riesige Welle auf ihn zu und überschwemmte ihn.

Mit angehaltenem Atem starrte Sara aufs Meer. Kemp tauchte nicht wieder auf.

Endlich hatte Jordan sie erreicht und schloß sie zitternd in die Arme. »Sara! Mein Gott, warum? Beinahe hätte er dich getötet.«

Mit einem Aufschluchzen schlang Sara die Arme um ihn und klammerte sich an ihn. Zitternd barg sie den Kopf an seiner Schulter. »Er ist tot, nicht wahr? Er kommt nicht wieder, oder?«

»Er ist tot.« Jordans Stimme bebte. »Aber, mein Gott, du hättest ins Waser fallen können. Du könntest jetzt da unten liegen . . .« Er küßte sie verzweifelt auf die Schläfen und auf die Wangen. »Ich wäre gestorben, wenn ich dich verloren hätte . . .«

Sara löste sich aus seinen Armen und blickte hinunter auf die Stelle, wo Kemp im Meer verschwunden war. »Ich bin so froh, daß er niemanden mehr verletzen kann. All diese armen Frauen . . .« Plötzlich erinnerte sie sich an Kemps Worte und erstarrte. »Penny.« Sie drehte sich um und rannte den Weg zurück auf den Pier zu. »Wir müssen nachsehen, ob er Penny etwas getan hat.«

»Was meinst du?« Penny tastete nach ihrer geschwollenen Lippe, während sie gleichzeitig ihr mißhandeltes Gesicht in einem Handspiegel betrachtete. »Sehe ich nicht aus wie Muhammed Ali?«

»Mach dich nicht darüber lustig.« Sara nahm ihr den Spiegel ab und legte ihn auf den Küchentisch. »Ich habe dir gegenüber genug Schuldgefühle. Immerhin ist es meine Schuld, daß Kemp dir das angetan hat.« Vorsichtig strich sie Salbe auf Pennys Lippen. »Ich hatte solche Angst um dich!« Er hätte dich töten können! Als wir dich auf diesem Segelboot gefesselt mehr oder weniger wohlbehalten vorfanden, war ich unendlich erleichtert.«

Penny schnitt eine Grimasse. »Diese achtundvierzig Stunden werde ich jedenfalls nie im Leben vergessen! Immer in der Nähe von diesem widerlichen Mann!«

»Wie ist es bloß gekommen?«

Penny zuckte die Achseln. »Kemp war geschickter, als wir alle vermuteten. Er wußte, daß ihm die New Yorker Polizei auf den Fersen war und wollte sichergehen, nicht in ihre Falle zu tappen. Er trieb sich als Handwerker beim *World Report* herum, bis er herausgefunden hatte, daß du die Stadt verlassen hattest und ich dich begleitet hatte. Nach meiner Rückkehr suchte er mich dann in meiner Wohnung auf. Er gab sich als Gasmann aus und behauptete, bei mir eine beschädigte Leitung reparieren zu müssen.«

»Wie konnte ihm das gelingen? Dein Apartment wurde doch überwacht!«

»Sein Gesicht«, erklärte Penny schlicht. »Er hatte das nichtssagendste Gesicht, das ich jemals gesehen habe. Er sah aus wie der freundliche Nachbar von nebenan oder wie der Lebensmittelhändler von gegenüber. In jeder Rolle wirkte er durchaus überzeugend.« Sie versuchte zu lächeln. »Nachdem er jedoch eine Weile in meiner Wohnung gearbeitet hatte, kam er mir nicht mehr so nichtssagend vor. Er fragte nach dir und wollte wissen, wohin du gefahren bist. Als ich ihm sagte, er solle sich zum Teufel scheren, wurde er sehr ungemütlich. Unglücklicherweise fand er bei seiner Suche in meinem Apartment die Rechnung der Helikopter-Gesellschaft.«

»Du liebe Güte, Penny! Du hättest ihm verraten sollen, wo ich bin! Ich hätte mich schon gegen ihn gewehrt!«

»Das wäre nicht so geschickt gewesen«, erwiderte Penny müde. »Dann hätte er mir mit dem größten Vergnügen die Kehle durchgeschnitten. Solange er deinen genauen Aufenthaltsort nicht kannte, war ich sicher. Am ersten Tag klingelte das Telefon wie verrückt, und ich konnte nur hoffen, daß Jordan irgendwann Verdacht schöpfen würde.« Sie blickte Sara forschend an. »Wo ist er eigentlich? Ich habe ihn nicht mehr gesehen, seit ihr beiden mich ins Haus gebracht habt.«

»Jordan ist unten auf dem Boot. Er und Cam benachrichtigen gerade die Polizei.« Sara trat zurück und betrachtete besorgt Pennys Gesicht. »Mehr kann ich im Augenblick nicht für dich tun. Du solltest wirklich sobald wie möglich zum Arzt.«

»Nein«, entgegnete Penny und stand schnell auf. »Ich

bin in Ordnung. Ich gehe nur rasch unter die Dusche und wasche mir die Haare. Dann melde ich mich bei Mac.« Erschauernd wandte sie sich ab. »Kemp war so . . . ich weiß nicht, ob ich mich jemals im Leben wieder ganz sauber fühlen werde.«

»Ich danke dir, Penny«, erklärte Sara ruhig. »Ich weiß, wie abgedroschen die Worte sind, aber das ist alles, was ich dir im Moment geben kann. Hoffentlich kann ich dir das alles eines Tages wiedergutmachen.«

»Du stehst nicht in meiner Schuld. Es war meine eigene Entscheidung, dir zu helfen«, erwiderte Penny. »Und ich würde es wieder tun. In den letzten achtundvierzig Stunden habe ich etwas sehr Wichtiges gelernt.«

»Und was?«

Penny lächelte verschmitzt. »Es gibt auf der Welt keine Zufluchtsorte außer denen, die wir in uns selbst tragen.«

Sara blickte ihr nach, wie sie die Küche verließ, dann drehte sie sich um und legte die Salbe zurück in den Erste-Hilfe-Kasten auf dem Küchentisch. Es war vorüber. Sie konnte es kaum glauben – aber Kemp und die tödliche Bedrohung, die er für sie dargestellt hatte, gehörten der Vergangenheit an. So lange Zeit hatte er ihr nachgestellt!

»Wie geht es ihr?«

Als Sara sich umwandte, sah sie Cam in der Tür stehen. Er machte einen besorgten Eindruck.

»Sie sagt, es geht ihr gut, aber das stimmt nicht. Ich glaube, dieser Bastard hat ihr mehr Schaden an der Seele zugefügt als an ihrem Körper.« Sara ließ das Schloß des Erste-Hilfe-Kastens mit einem lauten Klicken einschnappen. »Aber Penny ist eine Überlebenskünstlerin. Es wird eine Zeitlang dauern, aber sie wird eine Möglichkeit finden, das Ganze zu verarbeiten.«

»Und du wirst ihr dabei helfen, nicht wahr?« fragte Cam weich.

»Darauf kannst du Gift nehmen! Ich werde immer für sie da sein.« Sara drehte sich wieder um und lächelte ihm zu. »Warum ist Jordan nicht mit dir gekommen?«

»Er bereitet das Boot für die Abreise vor. Er bat mich, zu dir zu gehen und dir zu sagen, daß es ihm leid tut . . .«

Panik überwältigte sie. »Es tut ihm leid? Plötzlich blitzten ihre Augen vor Zorn. »Haben wir nicht alle genug um die Ohren gehabt? Muß Jordan jetzt auch noch für sich entscheiden, allein davonzusegeln?«

»Sara, ich habe doch nicht gesagt . . .«

Aber sie hörte ihm nicht mehr zu. »Ich kann es nicht glauben! Nun, ich werde nicht zulassen, daß er davonsegelt und . . .« Cam hörte nicht mehr, was sie noch sagte, denn schon war sie aus dem Zimmer gerannt.

»Du bleibst hier!« Sara stand auf dem Pier, die Hände zu Fäusten geballt. »hörst du mich, Jordan? Du fährst hier nicht weg! Nur über meine Leiche!«

Erschrocken drehte sich Jordan zu ihr um. »Wie geht es Penny?«

»Es könnte ihr besser gehen«, entgegnete Sara kurzangebunden. »Ich möchte sie gerade jetzt nicht allein lassen. Deshalb kann ich mir nicht auch noch um dich Sorgen machen, wenn du mutterseelenallein um die halbe Welt fährst! Du mußt ganz einfach hierbleiben!«

Ein schwaches Lächeln umspielte seine Lippen. »Du kannst ja richtig wütend sein. Und wenn ich nicht hierbleiben will? Fesselst du mich dann an dein Handgelenk wie ein Agent seinen Koffer, den er nicht verlieren darf?«

»Wenn's nötig ist, ja.« Tränen der Erschöpfung und der Wut traten ihr in die Augen. Ärgerlich wischte sie sie mit dem Handrücken weg. »Ich lasse nichts unversucht, dich hier zu halten. Wie kannst du auch nur einen Gedanken daran verschwenden, ohne mich abzureisen? Du liebst mich doch, oder? Jordan! Warum gibst du es nicht zu?«

»Ja, ich liebe dich«, erklärte er widerstrebend.

»Du hast so eine blödsinnige Angst, du könntest mir weh tun . . .« Sara hielt inne und bemühte sich, ihrer Stimme einen festen Klang zu verleihen. »Nun, wenn du nicht bei mir bleibst, überrede ich Penny und Mac dazu, mir die gefährlichsten Aufträge zu geben, die beim *World Report* zu vergeben sind: Beirut, Kriegsberichterstattung, Drogenreports.«

Das Lächeln verschwand aus Jordans Gesicht. »Das wirst du nicht!«

»Und wenn sie sich nicht darauf einlassen, kündige ich und arbeite für eine Zeitung, die mir mehr entgegen kommt!«

»Bist du sicher, daß du dich nicht gleich selbst umbringen willst?« fragte Jordan zornig.

»O nein. Ich werde nicht ums Leben kommen. Ich habe dir schon einmal gesagt, daß ich nicht deine Mutter bin.« Sara trat einen Schritt näher auf ihn zu. Als sie zu ihm aufblickte, funkelten seine Augen wie Smaragde. »Ich bin stark genug, allein zu überleben, aber ich will es nicht. Und die einzige Möglichkeit, mich in Sicherheit zu wissen, ist für dich, bei mir zu bleiben.« Die Tränen, die sie solange zurückgehalten hatte, strömten ihr jetzt unaufhaltsam über die Wangen. »Penny behauptet, die einzigen Zufluchtsorte auf der Welt sind die, die wir in uns selbst tragen. Aber das stimmt nicht. Wenn man jemanden liebt, kann das auch ein Zufluchtsort sein. Du, Jordan Bandor, bist meine Zuflucht und meine Sicherheit. Bei dir finde ich Zufriedenheit und Kraft und . . .« Ihre Stimme brach. »Glaubst du, ich lasse zu, daß du mir das alles wieder nimmst?«

Mit zwei Schritten war Jordan über die Planke gesprungen und stand jetzt bei Sara. »Nein, das mußt du dir nicht wieder nehmen lassen.« In seinem Blick lag unendlich viel Zärtlichkeit. Er nahm sie in die Arme. »Du bist wirklich eine bemerkenswerte Frau.«

»Ich bin es so leid, mich von dummen, dickköpfigen Männern verrückt machen zu lassen . . .«

Jordan legte ihr die Finger auf die Lippen, um ihre Tirade zu stoppen. »Hör auf, mich zu beschimpfen! Ich wollte dich nicht verlassen. Ich dachte nur, wir sollten Penny von der Insel weg zu einem Arzt bringen. Du hast gewonnen, Sara!«

Sie blieb ganz still stehen. »Wirklich?«

»Wenn ein Leben mit einem Mann wie mir wirklich einen Gewinn darstellt. Womöglich bedauerst du deine Entscheidung schon in einem Monat oder in einem Jahr.«

»Nie.« Saras Blick glitt forschend über sein Gesicht. »Warum, Jordan?«

»Kemp«, entgegnete er. »Noch nie war ich so nahe davor, dich endgültig zu verlieren. Das da draußen an der Steilküste war wie ein schlimmer Traum für mich . . . Und eins ist mir klargeworden: Ich würde dich nie wieder verlassen können, wenn ich dich noch einmal in den Armen halten würde. Ich wußte, daß ich nicht genügend Kraft haben würde, dich wieder gehen zu lassen. Ich werde von nun an immer bei dir sein, in deiner Nähe, um dir zu helfen und dich zu beschützen.« Er schwieg einen Augenblick. »Und ich werde dich glücklich machen, Sara. Himmel, ich werde alles versuchen, dich glücklich zu machen!«

»Wirst du meine Zuflucht sein?« fragte sie weich.

»Wenn du das möchtest, gern. Aber das Leben wird nicht einfach sein für uns. Wahrscheinlich höre ich nie auf, besitzergreifend und eifersüchtig zu sein.«

»Und liebevoll.«

»O ja.« Er nickte und strich ihr eine Strähne ihres Haars aus der Stirn. »Ich werde dich immer lieben. Reicht dir das als Ausgleich für all meine schlechten Charaktereigenschaften?«

Eine tiefe Freude durchströmte sie. »Viel mehr als das!« Sie stellte sich auf die Zehenspitzen und küßte ihn zärtlich. »Alles, was zählt, ist deine Liebe. Wußtest du das nicht?«

Er nickte und lächelte glücklich. »Ich glaube, du fängst an, mich zu erziehen. Hoffentlich denkst du auch in fünfzig Jahren noch so über mich.«

»Immer«, flüsterte sie und strahlte ihn an. »Darauf kannst du dich verlassen.«

ENDE

Band 58 064

Barbara Boswell

Lektion für einen Herzensbrecher

Deutsche Erstveröffentlichung

Marc Lipton ist ein Herzensbrecher, ein Frauenheld, ein Ladykiller – alles, nur kein Mann, der es sich zur Aufgabe gemacht hat, über die Tugend junger Mädchen und Frauen zu wachen. Und ausgerechnet Marc entführt Lynn von einer Party, um sie aus den Fängen eines Wüstlings zu befreien, wie er sagt. Lynn traut ihm nicht – zu Recht, denn Marcs plötzliches Interesse an ihr entspringt nur dem Wunsch, eine Wette zu gewinnen, nämlich, daß er es schafft, Lynn innerhalb von zwei Wochen in sein Bett zu bekommen. Als Lynn das erfährt, wütet sie, tobt, doch dann beschließt sie, Marc ein für allemal eine Lektion zu erteilen . . .

BASTEI LÜBBE

Sie erhalten diesen Band im Buchhandel, bei Ihrem Zeitschriftenhändler sowie im Bahnhofsbuchhandel.